捧读

触及身心的阅读

小倩

〔清〕蒲松龄 著

何殇 编著

贵州出版集团
贵州人民出版社

图书在版编目（CIP）数据

小倩 /（清）蒲松龄著；何殇编著. -- 贵阳：贵州人民出版社，2024.4

ISBN 978-7-221-18286-9

Ⅰ.①小… Ⅱ.①蒲… ②何… Ⅲ.①长篇小说 - 中国 - 当代 Ⅳ.①I247.5

中国国家版本馆CIP数据核字(2024)第073509号

XIAOQIAN

小倩

〔清〕蒲松龄　著　何殇　编著

出 版 人	朱文迅
责任编辑	潘　媛
特约编辑	张进步
装帧设计	仙境设计
责任印制	刘洪鑫
出版发行	贵州出版集团　贵州人民出版社
地　　址	贵阳市观山湖区会展东路SOHO公寓A座
印　　刷	宝蕾元仁浩（天津）印刷有限公司
版　　次	2024年4月第1版
印　　次	2024年4月第1次印刷
开　　本	889毫米×1194毫米　1/32
印　　张	7.5
字　　数	174千字
书　　号	ISBN 978-7-221-18286-9
定　　价	45.00元

如发现图书印装质量问题，请与印刷厂联系调换；版权所有，翻版必究；未经许可，不得转载。

目 录

小　翠 - 001

封三娘 - 014

聂小倩 - 026

连　琐 - 038

鲁公女 - 048

小　谢 - 062

梅　女 - 082

林四娘 - 096

章阿端 - 103

薛慰娘 - 117

荷花三娘子 - 133

翩　翩 - 142

葛　巾 - 150

白秋练 - 160

花姑子 - 181

阿　纤 - 193

阿　英 - 204

婴　宁 - 216

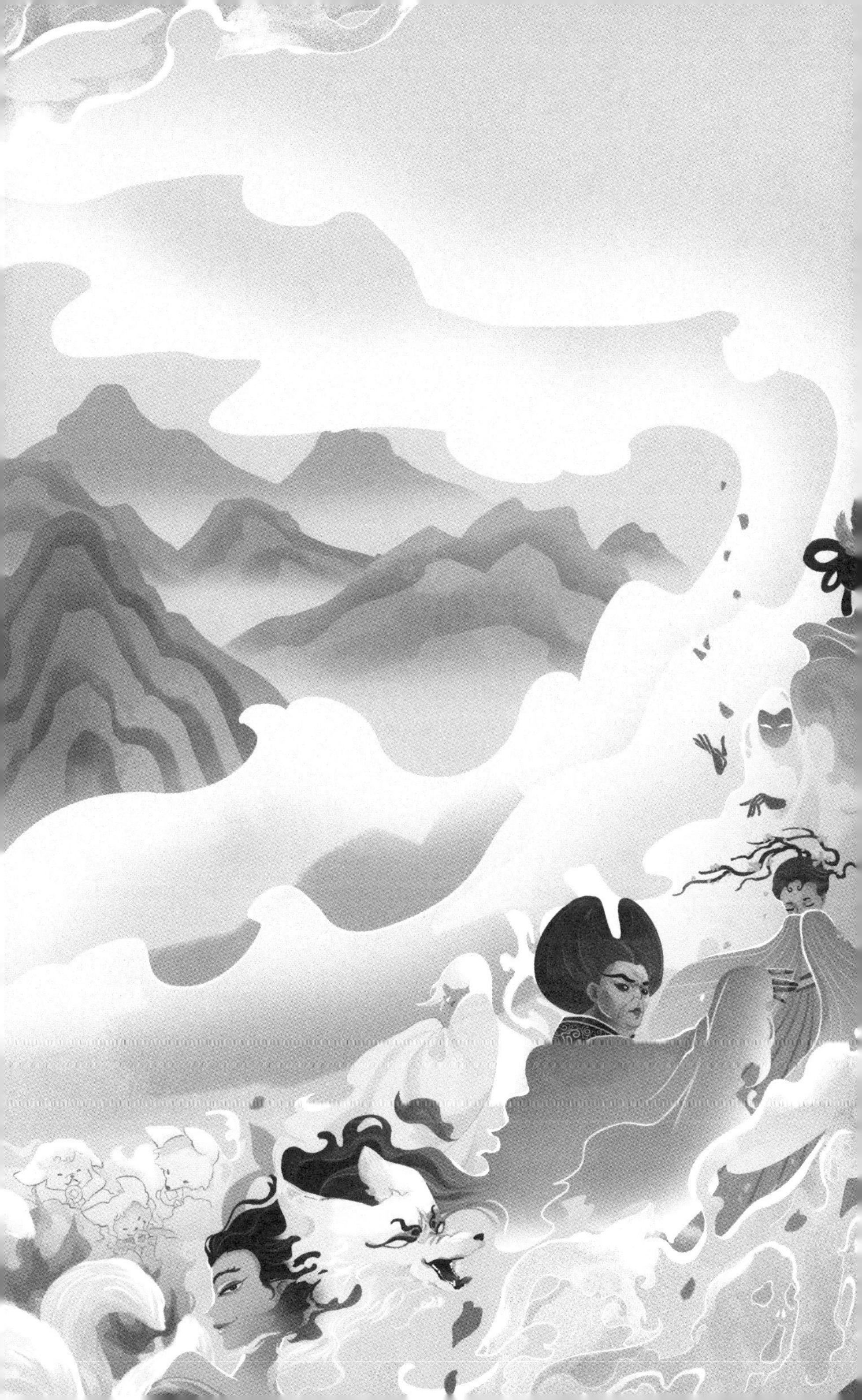

小翠

京城的人都知道，王御史生了个傻儿子，十六岁了还分不清男女。虽然御史大人在朝中颇有威信，很受皇上器重，但儿子元丰的终身大事还是让他愁白了头。且不说无人上门说媒，王家自己都不好意思去别人家里提亲。

可是有一天，王御史刚下朝还未到家，就有家人来报喜，说有人主动上门结亲。御史大人又惊又喜，催促轿夫赶紧回府。

厅堂里，王夫人正在陪两位客人说话，看见御史回来，就兴奋地过来介绍。客人是一对母女，母亲仪态端庄，女儿娇俏可爱。母女俩都穿着朴素，一看就是平民百姓。

看见御史打量自己，那少女的眼神里没有丝毫畏惧，冲着他嫣然一笑，宛若仙女一般。

御史心里十分满意，便问妇女姓氏。

妇女说："奴家姓虞，这是女儿小翠。"

王御史又问："我儿子的情况你应该也了解，小翠这样一个好姑娘，你怎么会主动来结亲呢？"

虞氏叹息说："姑娘是好姑娘，可跟着我吃糠咽菜都吃不饱，倘若能来到您家，住豪门大宅，吃山珍海味，还有丫鬟婆子使唤，这是多少人求之不得的事呢。"

王御史听了，觉得这些理由似乎足够充分。他问虞氏需要多少聘礼。

虞氏说："只要孩子过得好，我就放心了，怎么能把嫁女儿像卖菜一样讲价钱呢？"

御史和夫人都很高兴，热情地招待了母女俩。在席间，虞氏就让小翠给王御史和夫人叩头行礼，并叮嘱说："从此以后，这就是你的公公婆婆，你要像侍奉我一样侍奉他们，不许做出任何越礼之事。"

小翠点点头，跪下来给公婆行礼。

饭后，虞氏说："我家里还有事要忙，就先回去了，过几天再来。"

王御史要用车马送她，她以离家不远婉拒，随后就出门离开，干净利落。

而小翠见母亲走了，竟然也不悲伤、留恋，就在女红匣子里翻找绣花样子。王夫人看了，喜极而泣，感慨儿子真是走了大运。

小翠的母亲再也没来过，公婆问小翠家在哪里，她也迷迷瞪瞪地说不太清楚。为免夜长梦多，御史就安排人在府上收拾出一处院子，尽快为小两口举办了婚礼。

御史的同僚和亲戚听说他家捡了个穷人家的女儿做媳妇，都暗自讥笑。可是等他们在婚礼上见到小翠后，都惊叹于她的倾国容貌，再也说不出一句闲话。

小翠不仅长得好看，而且冰雪聪明，很是善解人意，把公婆哄得特别开心。一向不苟言笑的王御史，脸上竟然冰消雪融，见人也有了几分笑意。御史夫妇俩对小翠也十分疼爱，简直比亲女儿还亲。可是私下还是有些忐忑不安，担心小翠嫌弃傻儿子。

可是小翠每天都乐呵呵的，对元丰一点儿也没有嫌弃的样子，只是每天跟他玩。她用布缝了一个球，和元丰踢球嬉戏。她穿着小皮鞋，每次都把球踢到几十米外，让元丰去捡，累得元丰和丫鬟们大汗淋漓。

有一次，王御史经过儿子的房前，忽然布球迎面飞来，正砸在他脸上。小翠和丫鬟们都吓得躲起来，只有元丰还蹦跳着去捡球。王御史被吓了一跳，怒不可遏，捡起个小石子就朝儿子投过去，元丰这才趴在地上号啕大哭起来。

王御史把这事儿告诉了夫人，夫人过来责备了小翠，小翠也不回话，只笑眯眯地低着头，手指抠着床，任凭婆婆数落。

婆婆走后，小翠依旧憨憨地蹦跳着玩闹，一点儿也不在意。

她还经常用自己的胭脂水粉在元丰脸上涂抹，把他打扮成花鬼脸。不小心被夫人看见，特别生气，就喊来小翠呵斥她。但小翠依然不在意，靠在桌子上，用手玩弄着衣服带子，既不害怕，也不顶嘴。

王夫人看她这样，也是无奈，只好拿来棍子打元丰。元丰吓得大哭不止，小翠这才有点害怕，跪在地上为元丰求饶。夫人见她如此护着丈夫，心里的怒气顿时无影无踪，扔下棍子离开了。

小翠笑嘻嘻地把元丰拉进屋子，帮他清理衣服，又擦掉他的泪水，按揉着挨了棍子的地方，还拿出他爱吃的枣子和栗子哄他，元丰马上就不再啼哭，也傻呵呵地笑了。

不过，这样的事并未因此而停止。

但小翠学乖了，担心被公婆看见，就关上院门，在自己的院子里，一会儿把元丰打扮成西楚霸王，一会儿又打扮成北方沙漠里的胡人。而她自己会穿上艳丽的服装，束着细腰，在帐下翩翩起舞，扮演虞姬；过一会儿，又在发髻上插上野鸡的尾羽，扮演王昭君弹琵琶，嘈嘈切切，叮叮咚咚，满屋子都是欢声笑语。小夫妻俩几乎每天都如此热热闹闹地过日子。

王御史本想责备儿媳，可是一想起自己的傻儿子和她对儿子的好，即使知道了这些事，也装作不知道，从不过问、指责。

王御史的官邸附近，住着另一位姓王的大人，两家相隔十几户人家，同朝为官，却素来不和。

这时正值朝廷三年一次的官吏考核，另一位王大人任职给事中和谏议大夫，因忌妒王御史掌管河南道的监察大权，就放出话来，说一定要查出他的问题。王御史为此伤透了脑筋，毕竟为朝廷当差，做的事多了，难免会出些小纰漏，倘若有人非要按程序严查，小事也能查出大说法。但主动权在别人手里握着，自己没有任何办法。

这天晚上，趁着王御史早睡，小翠穿上官服，打扮成宰相模样，剪了一些白色的丝线粘在下巴上当胡须，又叫两个丫鬟穿上黑衣服，打扮成宰相随从，偷偷去马厩里骑上马就出了府门，说"要去拜访王大人"。

她把马骑到王给谏府门口，忽然抡起鞭子，抽打两个随从，大声说："我要去拜访的是御史王大人，并非王给谏大人啊！"说完掉转马头就跑了回来。

到了府门口，御史家的守门人还真以为是宰相来了，赶紧去报告老爷。御史大人慌忙起床，套上官服就到门口迎接，一看原来是儿媳妇在胡闹。王御史勃然大怒，但也不知道该怎么对儿媳妇发火，只好把气撒在夫人身上。

他气呼呼地说："别人正在找我的罪名，她反而自己作怪，登门给人家留口实，看来我要大祸临头了。"

夫人也是又惊又怕，跑到儿子房间，把小翠一通臭骂。但小翠还是那副憨憨的模样，只是笑，一句也不分辩。

夫人想打她，但于心不忍；想休了她，又舍不得。御史夫妇二人懊恼、抱怨了一夜，提心吊胆睡不着。

小翠扮演的那位宰相，权势滔天，在朝堂上一言九鼎，深得皇帝信任。小翠扮成他的模样在巷子里逛这么一圈，早就引起了王给谏的注意。他向家人问起仪容、服饰、随从，与宰相丝毫不差。于是他也认定是宰相大人专程去拜会王御史。还多次派人到御史门前探听，直到半夜也没见宰相出来，就怀疑宰相和御史在暗中谋划什么事。

第二天在朝堂外，王给谏遇到王御史，就上去打听："昨夜宰相大人到您府上去了吗？"

王御史以为他是故意讽刺，不想多说，担心被别人听见，就含糊地"嗯"了两声。他这种态度，让王给谏越发相信自己的判断。思前想后，决定还是以和为贵，免得得罪了宰相大人。于是他主动向王御史示好，表示以后愿意往来结交。

王御史猜到了事情的原委，心里暗自发笑，就顺水推舟，化解了矛盾。回家后私下嘱咐夫人，让她劝儿媳收敛一下怪异的行为，小翠憨笑着答应了。

一年后，宰相因罪被免，他有一封私人信件要交给王御史，却被人误送给了王给谏。王给谏觉得自己拿到了把柄，就想要挟王御史。他先托一位和王御史关系好的人去御史家里借钱，开口就是一万两银子。王御史当然一口拒绝。

王给谏觉得要给王御史一个下马威，就亲自来到御史府上。

王御史去找官服，可是一时竟然找不到。王给谏等的时间长了，以为王御史怠慢自己，就转身要走。忽然看见元丰穿着龙袍、戴着皇冠，被一个女子从内室推了出来。他先是吓了一跳，当他看清是元丰时，心头大喜，走过去哄着他脱掉了龙袍和皇冠，当作罪证带走了。

御史出来后，发现王给谏已经走了，知晓了刚才的事，吓得魂不守舍，一屁股坐在地上，泪如雨下，大声哭喊："真是娶了个祸水啊，这可是满门抄斩、诛九族的大罪过啊！"

哭了一通，夫妻俩拿着棍子往儿子这边来。小翠已经知道他们要来，把房门死死关上，任凭公婆在外面怒声呵斥、破口大骂，就是不开门。王御史气急败坏，去柴房拿来一把斧头，要把门劈开。

小翠在房里边笑边说："公公别生气，这事都是儿媳一人所为，不管是砍脑袋，还是五马分尸，都由我来承担，绝不会连累家里。公公现在这样做，让人传出去，还以为是要杀儿媳灭口呢。"

王御史听她如此说，才停住手，把斧子扔掉，长叹着回房了。他猜得没错，王给谏回家后，果然上奏皇帝，说王御史图谋不轨，并说有龙袍、皇冠为证。

皇帝乍一听，吃了一惊，听说过历朝历代有武官或掌握兵权者谋反，从未听过有御史谋反。不过为慎重起见，还是派人去查证。可是把所谓的证据拿回来一看，皇冠是用高粱秆子做的，龙袍是一张破黄布床单，皇帝被气笑了，对王给谏的诬告行为非常气愤。

随后，又宣当事人元丰上殿。皇帝一看元丰傻乎乎的样子，笑着对众大臣说："这个样子还能谋反当天子吗？"金殿上一阵哄笑。皇帝有一种被愚弄的感觉，就把诬告者王给谏交给法司去审问。

王给谏被耍了一把，心有不甘，继续告发王御史家中有妖人。法司传唤了王御史家里的仆人、丫鬟，严厉讯问下，一无所获，都说家里只有一个疯媳妇和一个傻儿子，成天只会嬉笑玩耍。法司又传唤周围邻居，一一调查，也没有发现任何异常情况。于是，案子审定了，王给谏诬告同僚，被革职发配云南充军。

自此以后，王御史觉得小翠非同一般，而她母亲至今杳无音信，就猜想小翠可能并非普通人类，于是让夫人去探问。但小翠除了笑就是笑，一个字也不肯吐露。再三追问，小翠才说："媳妇是玉皇大帝的女儿，婆婆不知道吗？"

王夫人一怔，笑骂道："这么大个姑娘，说话办事没一点儿正形。"也就不再追问了。

不久以后，王御史升任太常寺卿。虽官场得意，却总觉得人生不完整，因为自己五十多岁了，还没有抱到孙子。

王夫人了解到，小翠过门三年，每晚都跟元丰分床睡，从来没有行过夫妻之事。于是夫人让人抬走了元丰的床，嘱咐他晚上要跟小翠同睡。

过了几天后，元丰追着母亲要自己的床，他说："小翠每天晚上都把腿压在我肚子上，压得我喘不上气来，还老掐我的大腿。你快把床还给我，我不跟她睡一起。"

丫鬟婆子们听了哄然大笑，夫人大声呵斥他，做出要打他的手势，元丰这才悻悻地走了。

一天，小翠在屋子里洗澡，元丰看见了，非要跟她一起洗。小翠说："你别着急，这个澡盆太小了，坐不下两个人，等我洗完再帮你洗。"

小翠洗完后，换了热水，把元丰的衣服扒光，和丫鬟一起把他扶到了盆里。元丰觉得水又闷又热，挣扎着想出去，可是小翠坚决不让，还用被子把澡盆牢牢蒙住。不一会儿，里面没动静了，打开被子一看，元丰已经窒息身亡。

丫鬟们都吓坏了，但小翠跟没事儿人一样，一点儿也不害怕，还把元丰从澡盆里拖出来，放在床上，把他身上的水擦干，又盖上了被子。

这时，王夫人得到消息，赶了过来，一进门就大骂："你这疯子，为什么要杀我儿子！"

小翠笑着说："这样的傻儿子，还不如没有呢。"

王夫人听了这话，更加生气，愤怒之下，就用头去撞小翠，丫鬟婆子们在旁边又拉又劝。正在鸡飞狗跳的时候，一个丫鬟在旁边喊："公子活了！"

所有人都停下来，看着床上的元丰。

只见他大口喘着粗气，浑身冒汗，就像水车漏水一般，把被褥都沾湿了。如此有一顿饭工夫，大汗才终于停了。元丰缓缓睁开眼，环顾四周，看着围在床前的人，眼神陌生而恍惚，好像全都不认识一样。

过了好一会儿，他才叹息说："我现在回忆以前的事，恍若前生，这是怎么回事啊？"言语流利，就像正常人一样。

众人面面相觑，尤其是王夫人，激动地流泪，拉起元丰的手，就带他去见父亲。王大人见了，也是惊喜不已，但还是不敢相信，经过反复试探，才确定元丰果真不傻了。全家人欣喜若狂，摆酒设宴，府里上下一片欢庆。

当天晚上，夫人把元丰原来的床又放了回去，摆放好被褥和枕头，以试探他是否真懂了人道。

元丰回屋后，丫鬟们一个不留，全都打发了出去。

第二天，所有好奇的人都过来看，那张床动都没有动，看来并没有人在上面睡过，而里屋的小两口，迟迟都没起床。

自那以后，元丰不再傻头傻脑，小翠也不再疯疯癫癫，小两口如胶似漆，不论什么时候都像是粘在一起一样。王大人和夫人看在眼里，喜在心里。

如此过了一年多，王大人因受到王给谏同党的弹劾而被去职免官，还受了一些小委屈。王大人心里不服，想托人打点，帮自己说话，恢复官职。

家里有一只玉瓶，是以前广西中丞赠送的，价值千金，王大人打算拿此玉瓶敬献给当权者。可是小翠很喜爱这只瓶子，捧在手里欣赏时，一不小心失手掉在地上摔碎了。她心里非常愧疚，赶紧跑去告诉公婆。

公婆正在商量送礼求情的事，听到礼品已经被摔碎，一时心急，竟然口不择言，当着所有人的面，对小翠破口大骂。

一向憨萌的小翠被骂得生气了，她跑回房间，对元丰说："自从我来你家后，保全你家，何止是一个玉瓶可以衡量的。你父母亲以往为他们无法理解的事骂我，我都无所谓，可现在竟然为打了一个瓶子，对我指责叱骂，我无法接受。"

元丰听了，无比心疼，想去找父母说理，却被小翠拉住了。

小翠说："事已至此，我实话对你说，我不是人类。多年前我母亲遭到雷击劫难，得到你父亲的庇护，又因为冥冥之中我们两人有五年的缘分，所以我来你家，是为了报答以往的恩情，完成上天的宿命。这几年，我挨的骂，比头发都要多，之所以不离开你，是因为五年的恩爱还未期满，可是，现在我怎么还能待下去呢？"

说完，小翠就气呼呼地跑出大门，元丰去追，早已不见她的踪影。

元丰去找父母说理，把小翠的原话告诉了父母。

王大人这才想起，自己小时候，有一天午睡时，忽然天气阴沉，雷声大作，他正想起来关窗户，忽然有一个比猫大一些的动物从窗口跳进来，钻在他身下，瑟瑟发抖，好像被雷声吓坏了。他以为是一只猫，就紧紧抱着。过了一会儿，天晴了，那个动物才钻出来。他发现并不是猫，而是一只狐狸，赶紧叫哥哥过来。

哥哥过来后，听说此事后说："这是狐狸在避雷劫，只有命中大富大贵之人才能帮其阻挡，弟弟将来必定能当大官。"

后来他果真年纪轻轻就考中了进士，当了地方官，又调入朝廷当了御史。

真想不到小翠的母亲竟然就是当初的狐狸。王大人心中若有所失，可后悔也已来不及了。

元丰回到房里，看到小翠用过的东西、穿过的衣物，想起她的过往种种，痛哭不休，自此食不甘味，夜不能寐，身体一天天消瘦，神思恍惚，也不与人说话。

王大人一筹莫展，想为儿子续娶一房妻室，以解除烦恼，但元丰死都不愿意。元丰请一位技艺高超的画家，画了一幅小翠的像，挂在床前，日夜祈祷，希望能再见到小翠。

两年后的一天晚上，明月皎洁，元丰从老家回来，骑马夜行，经过城外一处庭院。这处院子是王大人家的别墅，元丰和小翠曾来此小住过。不过平常无人居住，可是此时里面竟然传来人的说笑声。

元丰停住马，让马夫勒住缰绳，靠近院墙，自己踩着马鞍趴在墙上朝里面张望，只见有两位穿红和穿绿衣服的女子在里面嬉戏，但是因为月亮刚好被云彩遮住，看不清楚容貌。

穿绿衣的女子说："你再胡闹，小心我把你赶出门去！"

红衣女子笑着说："你别忘了，这可是我家的别墅，被赶出门的应该是你才对。"

绿衣女子说:"你这丫头真是不知羞,当人家媳妇,都被赶出来了,还说这是你家的别墅吗?"

红衣女子说:"就算被赶出来,也比你个老姑娘还没有婆家的强!"

元丰听她的声音酷似小翠,就出声呼喊。

绿衣女子听见声音,一边跑一边说:"先不和你争了,你家男人来了。"说着就钻入树丛不见了。

不一会儿,红衣女子走了过来,果然是小翠。元丰高兴极了,一直叫着小翠的名字。小翠让他爬上墙头,帮他翻墙跳了进来。

小翠摸了摸元丰的脸说:"两年不见,你怎么瘦成一把骨头了?"

元丰拉着小翠的手,流着泪说:"你走之后,我无时无刻不在想你,没有你的日子,我活着还有什么意义。"

小翠说:"我也想你,但我没有脸再见你家的人。本以为今生不会再相见,没想到今天与大姐来此游戏,又和你相遇,足见我们的缘分,真是上天注定的。"

元丰请求小翠跟他一起回家,小翠坚决不答应。元丰只好请她在园子里住下,小翠犹豫之后同意了。

元丰让仆人赶紧回府去报告夫人。夫人听说后,立即坐上轿子赶到别墅来,从正门进入园中,小翠赶紧跑过来迎接,下拜行礼。

夫人抓住她的胳膊,流着泪说:"以前的事,都是我的错,回忆起你对我们王家的恩德,和我们对你的所作所为,我真是无地自容。"

小翠说:"都过去了,还提这些干什么呢?"

夫人说:"你对我们的记恨,我们不求原谅,只求你看在元丰的面子上，跟我们一起回去，让我们来弥补自己的过错。"

小翠摇摇头说："请婆婆见谅，小翠既然出了门，就不会回去，不过我还是元丰的妻子，就让我住在这里照顾他吧。"

夫人也熟知小翠的性格，知道她已决定的事，再劝也没用，只好说："这样也好，但这园子荒凉冷清，我多派些人过来，也好热闹一点。"

小翠说："家里别的人我也不愿意见，只有以前在我身边的两个丫鬟朝夕服侍我，我忘不了她们，让她们过来，另外再来一个老仆人看看门，其他就不需要了。"

夫人全照小翠的话一一安排好。对外只说是元丰在园中养病，会定时送一些日常生活用品过来。夫人和王大人也偶尔过来，关怀一下小两口。一家人看上去其乐融融，再没有起过争端。只是王大人一直为没有孙子而愁绪如麻，但在小两口面前从不表现出来。

小翠经常劝元丰另外娶一个媳妇，元丰坚决不同意。说得多了，元丰就生气了，他说："今生今世，我只要你一个，不论你变成什么样子，都不离不弃。"

可是过了一年多，小翠的声音和容貌渐渐变得和原来不一样了。元丰拿出原来的画像对比，简直判若两人。元丰觉得很奇怪，就问小翠缘由。

小翠反问他："那你觉得现在的我漂亮，还是以前的漂亮？"

元丰说："现在也漂亮，但不如原来漂亮。"

小翠笑着说："我想应该是老了吧，女人到年纪了都会老得快。"

元丰："你才二十来岁，就算以后会老，但也不可能这么快吧？"

小翠趁着元丰不注意，把画像扔进了壁炉里，元丰想要抢救，画像却已经被炉中烈焰烧毁。

一天,小翠对元丰说:"以前在家的时候,我父亲说我此生不能生儿育女。如今公婆老了,只有你一个儿子,他们虽然不说,但我可以看出,他们心里很想要一个孙子。但我的确不能生育,要是耽误了你家传宗接代,我就成了罪人。我有个两全其美的方法,你再娶一个媳妇,在府中早晚侍奉公婆,你也可以在两边轮流住,我和她不见面,也没有什么不便。"

元丰想了很久,觉得小翠说得有道理。他倒不是为了自己,而是考虑到父母老了,身边需要人侍奉,倘若能生个孙子,他们也就别无所求了。

于是,就请人去向钟太史的女儿提亲。婚期定了后,小翠还亲手为新娘子做了新嫁衣,让人送到婆婆那里。

新婚当天,新娘子过门,元丰第一次见她,发现她的相貌、言谈和举止竟然和如今的小翠分毫不差。元丰大为惊奇,隐隐觉得不安,赶到别墅去看,小翠已经离开,不知去向。

丫鬟拿出一块红手帕对元丰说:"娘子说暂时回娘家去了,让我把这个转交给公子。"

元丰打开手帕一看,竟然是一块玉玦。玦者,决也。元丰知道小翠再也不会回来了,于是带着丫鬟回到了府里。

他虽然片刻也不能忘记小翠,但万幸的是看见新媳妇,就像看见了小翠一样。

元丰这时才明白,与钟家结亲的事,小翠早就算到了。之所以提前就变成钟家姑娘的容貌,就是为了让他慢慢适应,以此来让他接受以后离开小翠的生活。

封三娘

范十一娘是岳阳城祭酒的女儿，出身书香门第，自幼在父亲的教导下读书识字，至十多岁时，就已精通诗书，能出口成诗，被誉为"有咏絮之才"。

十一娘容貌端庄秀雅，因腹有诗书、气质不凡，两湖才子，莫不钦慕，提亲的人简直要踏破了门槛。但父母对十一娘宠爱有加，凡是有上门提亲者，都让她自己决定。可是人虽不少，却始终没有能入十一娘眼的。

正月十五上元节时，水月寺里的尼姑们举办"盂兰盆会"，去观礼的游客多是女子。十一娘闲来无事，也带着婢女一起去寺院看热闹。法会现场红飞翠舞，举袖如云。

十一娘闲逛了半天，忽然注意到身后有人跟随，悄悄转头看，却是一个貌美的姑娘，紧紧地跟着自己，好几次都想凑到身边来，似乎有话要对自己说。

十一娘暗自打量，那是一位十五六岁的美少女，明眸皓齿，婀娜多姿，就算同是女子的她见了也禁不住喜爱。十一娘心里一动，干脆停下脚步，转过身看着那姑娘。

那女孩嫣然一笑，大方地走上来询问："姐姐是不是范十一娘？"

十一娘说："没错，就是我。"

女孩惊叹道："久闻姐姐的芳名，果然是超尘拔俗的妙人。"

十一娘笑着问："不知道这位妹妹是从哪幅古画里走出来的仙女呢？"

女孩笑盈盈地回答："我姓封，排行第三，家就在附近的村里。"说罢，她便轻轻拉住范十一娘的手，像旧识一般，随意地聊起来。

她说话的语气温婉可人，有一种让人无法抗拒的独特魅力。不知不觉，范十一娘便喜欢上了她。两人手挽着手，像闺蜜一般，说了好半天话，谁都不忍先离开。

十一娘问："妹妹这般才貌，绝非平常人家的女子，怎么会独自来这里？"

封三娘轻声说："我父母亲过世早，家里也没有其他人，只有个老妈子要留着看家，我只能一个人来了。"言语间无悲无喜，似乎早就习惯了如此。

两人又说了会儿话，婢女过来提醒十一娘该回家了。

姐妹俩恋恋不舍，封三娘目不转睛地看着十一娘，眸子里泪光涟涟。范十一娘也是惘然若失，舍不得分开。

她说："妹妹既然家中无人，不如到舍下小住几日，我们好好说说话。"

封三娘轻笑着说："你家是官宦人家，何况我们一不沾亲，二不带故，若是如此贸然前往，有攀龙附凤的嫌疑，会被别人说闲话。"

范十一娘说："妹妹是我的客人，随便别人怎么说。"

封三娘摇了摇头："等以后有机会再说吧。"

十一娘看她心意坚决，便不再强求。她从头上摘下来一支金钗，送给封三娘。封三娘也摘下一枚绿色的发簪，回赠给十一娘。然后两人依依惜别。

十一娘回到家后,想起封三娘,异常思念。她拿出三娘所赠的绿色簪子,看了又看,这才发现簪子既不是金属,也不是玉石。她拿给家里人看,也没人能辨认出是什么材质,都觉得很惊异。但是簪子不能解相思之苦,十一娘天天盼着封三娘能来找自己,可封三娘却一直没有再露面。

十一娘也想过主动去找封三娘,可不知道具体地址,只恨当初没有问清楚。对一个人如此牵肠挂肚,时日一长,她竟思念成疾,病倒在床上。

父母心急如焚,问清缘由,便派众人到附近的山村里查访询问,可访遍方圆几十里内的村子,都没有封三娘这个人。

十一娘一病就是大半年,直到深秋,天气由暑转凉,身体才渐渐好起来。正值九九重阳佳节,别人都去登高望远,她卧在床上觉得疲乏,百无聊赖,便叫丫鬟把自己搀起来,扶到花园里赏菊。

丫鬟们刚在菊圃里铺好垫子,就发现墙头上有人偷看,就要过去呵斥。十一娘仔细一瞧,竟然是自己心心念念的封三娘。

封三娘看见十一娘,也很激动,大声喊道:"我要跳下来了,快过来接住我。"

十一娘赶紧让丫鬟们过去帮忙。

以如此奇特的方式再见封三娘,十一娘又惊又喜,感觉身体也突然有了劲儿,过去拉着封三娘坐在垫子上,埋怨她一别杳无音信,又问她是从哪里来的。

封三娘说:"我家距离这里很远,但我经常到舅舅家里玩,上次我说家在附近村里,说的其实是舅舅家。"

十一娘也没有多想,说:"原来如此,难怪找了你那么久都没找到。"

封三娘说:"自从与你分别以后,我无时无刻不在想你。几次想来看你,可是我们贫寒之人与富贵人家来往,脚还没有上门,心里就先觉得羞愧,担心被丫鬟仆人瞧不起,所以最终还是没来。"

"那你刚才为什么会在墙头上?"十一娘惊异地问。

封三娘笑着说:"我刚从墙外经过,听见里面有女子说话,隐约听到是你的声音,就爬上墙头,希望能见到你,果然遂了心愿。"

她见十一娘脸色不好,就问是不是生病了。十一娘告诉她自己生病的缘由,三娘听了泪如雨下,说自己要留下来照顾十一娘。

不过,她对十一娘嘱咐说:"我来的事,你一定要保密。我担心有人知道了,会造谣生事,对你有不好的影响。"十一娘答应了。

她拉着三娘一起回屋,同床而卧,欢快地说着心里话。没几天,十一娘的病就全好了。两人结为姐妹,情投意合,同吃同睡,就连衣服和鞋子也互换着穿。不过只要有人来,封三娘就躲在帐子里不出来。

就这样过了五六个月,还是有些风声传到了范老爷和夫人的耳朵里。有一天,两个女孩正在下棋,范夫人突然走进来。她上下打量着封三娘,惊异地说:"这丫头如此知书达理,很适合做我女儿的朋友啊。"她又对十一娘说,"家里来了好朋友,我和你父亲都会欢喜,为什么要藏着掖着,不告诉我们呢?"

十一娘就对母亲转达了封三娘的本意。

范夫人笑着对封三娘说:"你跟我女儿做伴,我心里非常开心,这有什么好隐瞒的呢?"

封三娘十分羞赧,不知道该怎么说,只是红着脸默默地揉弄衣带。等夫人刚离开,封三娘就立即向十一娘告别。

十一娘苦苦挽留,她才答应留了下来。

封 三 娘

可是有天晚上，十一娘刚要入睡，封三娘就哭着从门外跑进来，流泪抱怨道："我就说住着一定要出事，现在果然受了污辱。"

十一娘非常吃惊，问她发生了什么事。

封三娘流着泪说："我刚才去上厕所，被一个年轻男人粗暴地骚扰，差点儿就被污辱，万幸被我逃脱。发生了这样的事，还怎么见人啊。"

十一娘详细地问了那男人的相貌、体格，连忙道歉："妹妹千万不要在意，这是我的傻子哥哥。我现在就去告诉母亲，用棍子打他。"

可是，封三娘执意要走。

十一娘劝道："现在深更半夜的，不如等天亮了再走不迟。"

封三娘说："我舅舅家离这里很近，我也不走大门，只需要用梯子把我送出墙就好。"

十一娘了解三娘的性子，知道多说也无用，只得叫来两个丫鬟，安排她们跟三娘一起翻墙出去，又嘱咐她们把三娘送回家。可是过了不久，两个丫鬟就回来了，告诉十一娘说，出城才走了半里路，三娘就坚持要她们回来，她自己独自离开了。

十一娘听了，趴在床上哀声叹息，伤感悲戚，就像是与恋人分手一般。

过了几个月，范府的丫鬟到东村办事，晚上回来时告诉十一娘，她们在路上遇到了封三娘和一位老太太。她们赶紧上去行礼问候。封三娘伤感地问起十一娘的近况，丫鬟一一做了回答。

十一娘一听就着急地说："你们怎么不把她请回来？"

丫鬟委屈地说："走的时候，我们拽住三娘的衣袖，哀求她跟我们回来，告诉她小姐对她日思夜想，魂都快丢了。"

十一娘问:"那她怎么说?"

丫鬟转述封三娘的话说:"我也很想去见她,可是不想让你家里人知道。你回去后把花园的门开着,晚上我去看她。"

十一娘听了这话,特别欣喜。她亲自到花园里去开门。等到封三娘到来时,两人相见,激动万分,各叙离别之苦,久久难以入睡。

等丫鬟睡熟后,封三娘挪到十一娘身边,与她枕在同一个枕头上,小声说:"我知道你一直没许配人,凭你的门第、容貌和才华,要找一个如意郎君并不难。可是那些纨绔子弟大都傲慢无礼,配不上你。如果你若想找到称心人儿,就不能用家境贫富来考量。"

十一娘说:"妹妹说得有理。"

封三娘接着说:"去年我们相遇的寺院,又要举办法会,明天你去一趟,我会让你见到一位真命天子。我从小就研读一些相面的古书,看人很准,不会出错的。"

天蒙蒙亮,封三娘便离开了范家,两人约定好时间在寺院相见。等十一娘到了以后,封三娘已经在等她。两人手拉手游玩了一番,本想一起乘车回范家,刚出寺院大门,封三娘就指着一个年轻秀才说:"哎呀,这人将来可是要进翰林院的大才子。"

十一娘好奇地瞥了一眼,那秀才十七八岁,容貌俊朗,身上穿着简单的布袍,没有佩戴一件饰品,却显得器宇不凡。

封三娘对她说:"你先回去,我晚些时候去找你。"

等到暮色时分,封三娘果然找来了。她对十一娘介绍说:"我刚才去打听清楚了,那个秀才就是同乡的孟安仁,与姐姐很相配。"

十一娘说:"孟安仁这个人我听说过,有些才华,只是家里特别贫寒。恐怕……不是太合适。"

封三娘说:"俗话说得好,莫欺少年穷。我看这人相貌,前程似锦。眼前的贫寒只是一时的，你不是一个俗人，不要被这种世俗的偏见所影响。"

她看十一娘十分犹豫，就发誓说："如果这个人以后一直贫寒，我就挖掉自己的眼珠子，从此不再看相。"

十一娘赶紧说："妹妹千万不要这样说，如果依你的意见，该怎么办呢？"

封三娘说："我想拿你的一件东西，去跟他订立婚约。"

十一娘心里不情愿，又不想伤了封三娘的好意，只好说："就算我同意，我爹娘也不一定会同意的。"

封三娘说："我们这么做，就是怕你父母知道了会反对。可是如果你心意坚决，就算是死也无法阻挡。"

看十一娘还是犹豫，封三娘就告诉她："你的姻缘里有一场劫难，我这么做，是要帮你化解，以报答你对我的情谊。虽然你不同意，我还是要做。我就把你送给我的金凤钗，以你的名义送给孟安仁吧。"

说完，她也不顾十一娘的挽留，就离开了。

当时，孟安仁虽才华出众，却因家境贫寒，一直到十八岁，也未找到称心如意的妻子。这天他去寺院游览，在门口遇到两位绝色女子，回来后一直念念不忘，在床上辗转反侧，难以入眠。

当晚一更将尽时，忽然听到有人敲门。开门后，发现竟然是白天见到的女子，便兴奋地询问身份。

封三娘告诉他："我姓封，是范府十一娘的好友。"

孟安仁正孤枕难眠，佳人上门，哪有慢待的道理，也不按捺冲动，就去搂抱封三娘。

封三娘赶紧躲开，对他说："公子误会了，我并非上门自荐，而是来帮人牵红线的。范府十一娘愿与你结为夫妻，你尽快找媒人去提亲吧。"

孟安仁自然知道范十一娘,传言她眼界颇高,拒绝了无数豪门大户的公子少爷,哪里相信她能瞧得上自己,就以为封三娘在开玩笑。

封三娘就把金凤钗拿出来,赠给孟安仁说:"这就是十一娘送给你的定情信物,你是聪明人,自然知道如此行为所担的风险。"

孟安仁内心十分激动,发誓说:"我家境贫寒,却承蒙十一娘如此看重,如果我此生不能娶她为妻,宁愿孤独终老。"

第二天一大早,孟安仁就央请邻居老太太到范府去说媒。

可是范夫人嫌孟安仁家过于贫苦,暗自揣测女儿一定不会同意,就没跟十一娘商量,当即回绝了。

十一娘得到消息,特别懊悔,埋怨封三娘自作主张,耽误了自己。可是金凤钗已经送出,婚约已成,十一娘虽是女子,也不会做出反悔的事来。

又过了几天,有位乡绅的儿子看中了十一娘,担心求亲被拒,于是请当地县令当媒人。乡绅家里颇有权势,范老爷心有忌惮,便去询问女儿的意见。十一娘坚决不同意。范夫人私下问女儿原因。十一娘默然不语,暗自垂泪。随后又让丫鬟告诉范夫人,自己除了孟安仁,死都不会嫁人。

范老爷听了十一娘的话,特别生气,一时冲动之下,竟然答应了乡绅家的婚事。他还怀疑女儿跟孟安仁有私情,担心她做出有辱门风之事,迅速选定了吉日,催促十一娘早日完婚。

十一娘有苦说不出,气得吃不下饭,也不梳洗打扮,成日躺在床上昏睡。

就在迎亲的前一晚,她忽然起来,坐在镜子前安安静静地打扮起来。范夫人听说，心里暗自高兴。没想到才过了一会儿，丫鬟就哭喊着跑进来报告说："小姐上吊了！"

等把人从房梁上解下来，十一娘早已气绝身亡，香消玉殒。

本以为的喜事，变成了丧事。一家人悲痛欲绝，悔恨自责，但于事无补。三天后，范府安葬了十一娘。

自从上次提亲被羞辱后，孟安仁虽非常气愤，但毕竟与范十一娘有约在先，所以并未绝念，还暗自打探消息，希望能有所转机。后听说范府已经把十一娘许配他人，这才心灰意冷。当他得知十一娘的死讯后，痛不欲生，恨不能与她一起死去。大哭一场后，他决定趁着天黑，到十一娘的坟前祭拜。

刚到墓地，他就遇到了封三娘。

封三娘对他说："恭喜公子有情人终成眷属。"

孟安仁一听这话，就忍不住大哭起来，边哭边说："你难道不知道十一娘死了吗？"

封三娘说："我说的终成眷属，正是因为她死了才能实现。"

孟安仁觉得封三娘真是疯了，就不再理她，自顾自地在十一娘坟前流泪。

封三娘说："公子真是有情人！十一娘能找到你这样的夫君，说明我没有看走眼。你莫要哭了，听我说。"

封三娘告诉孟安仁，她有一种奇药，可以起死回生。她让孟安仁叫人来，把坟墓掘开，从棺材里取出遗体，再把墓穴埋好，以掩人耳目。

孟安仁虽然心有疑惑，但还是依照她的吩咐，把十一娘的遗体取出来，亲自背回家。

封三娘让他把十一娘的遗体放在床上，自己从随身的荷包里取出一枚药丸，用水把药丸化开，撬开十一娘的嘴，把药灌了进去。

才过了一个时辰，已经死去几天的范十一娘竟然缓缓睁开了眼睛，从床上坐了起来。

孟安仁目睹死而复生的过程，惊讶得嘴都合不上了。

十一娘看见封三娘，奇怪地问："我这是在哪里？"

封三娘说："这是孟安仁家。"她把事情的整个经过给范十一娘讲了一遍，十一娘这才如梦初醒。事已至此，只能听从命运的安排。

封三娘担心消息泄露，就把他们带到了几十里外的一个山村里，找了间院子住下来。当夜，范十一娘就与孟安仁结为夫妻。幸好范府安葬十一娘时，有许多陪葬的首饰，换了不少钱，足以让他们安稳地过日子。

封三娘要离开了，十一娘流着泪说："以前都是我听妹妹的安排，才到了今天这一步，现在我只求你留下来，跟我做个伴。"

封三娘只好住在隔壁的院子里，孟安仁不在家时，就过来陪十一娘说话。可是孟安仁一回来，她就立刻回到自己的住处。

有一天，范十一娘对封三娘说："我们姐妹比亲骨肉还亲，可是你终究也要嫁人，一想到要与你分别，我就悲伤不已。我有个主意，我们不妨效仿上古的娥皇、女英，一起嫁给孟郎，这样一来，不就永远不分离了吗？"

封三娘为难地说："我小时候得到一种神奇的修行秘诀，通过吐纳打坐，可以修炼长生，不能嫁人。"

范十一娘以为封三娘在找理由推脱，就笑着说："世上流传的长生之术太多了，可是从未听过有谁真能得长生的。"

封三娘说："我这个秘诀，没有任何人知道。世上流传的那些长生术大都是骗人的，只有华佗的五禽戏还有小效用。修炼无非让

封 三 娘　　023

气血通畅,气逆打嗝的时候,只要练五禽戏里的'虎形'那一式,效果就非常明显。说明还是有用的。"

十一娘与封三娘说不通,就私下与孟安仁说。孟安仁自然不会拒绝,就答应与十一娘配合。

这天,孟安仁假装自己要出远门,请封三娘晚上来陪伴妻子。到了夜间,十一娘拿出酒菜,与封三娘对饮,想方设法把她灌醉后,就让孟安仁与她同床而睡。

等封三娘醒来后,生米已成熟饭,她无奈地说:"你可把我害惨了,我本来已经快得道升入第一重天,可现在前功尽弃。这真是命啊!"说着便起身告辞。

十一娘赶紧向她道歉,并诚心实意地向她讲了自己的心愿。

封三娘苦笑说:"你的心意,我自然知道,那我也对你说实话。我本是狐狸,因为见你容貌美丽,便动了爱慕之心。今天的事,都是我咎由自取。不过我并不怨你,这是修行中注定的劫难,与任何人无关。倘若我还留在这里,情劫就永无止境。你记住我的话,安心与孟安仁过日子,享受大富大贵的日子不远了。"

封三娘说完,就消失不见了。夫妻二人,瞠目结舌,半天都缓不过神来。

才过了一年,孟安仁参加乡试、会试接连上榜,任职翰林院。衣锦还乡省亲时,到范府递名帖,请求拜见范老爷。

范老爷愧恨难当,不愿相见。

孟安仁再三请求,范老爷才不得不见。孟安仁见到范老爷,按女婿的身份行礼,伏地叩头,恭敬异常。

范老爷以为他是来羞辱自己的,恼羞成怒,破口大骂。

孟安仁却安之若素,等范老爷怒火平息,才屏退随从和家人,把事情的经过一五一十地告诉了范老爷。

范老爷是儒生,子不语怪力乱神,对此离奇之事,他自然不信,后派人到孟家去调查,发现所言非虚,才大为惊喜。可是出于谨慎,他还是让家里人保守秘密,免得招来无妄之灾。

两年后,那位乡绅因为行贿朝廷命官,被人揭发,查证定罪,父子俩都被发配到辽海卫充军。

范十一娘这才光明正大地回娘家探望了父母。

聂小倩

走进兰若寺,宁采臣心中颇为诧异。

寺院在金华北门,殿宇屋舍古朴典雅,佛塔庄严壮丽,可是庭院里野草猖獗,蓬蒿生了一人多深,也无人打理,看起来荒废了很久。

他四下打量,只见东西两侧的僧舍,门窗虚掩,只有南侧的一间小屋门上挂了一把新锁。大殿东角,生了一蓬翠竹,粗壮挺拔,都有两手合围粗细。台阶下的水池里,野荷花蓬勃盛开,清香四溢。

宁采臣对这份幽静心生欢喜。他游玩到金华,恰逢朝廷的学使大人巡视金华,府县秀才们都进城考试,城中客房价格上涨,宁采臣负担不起,就打算在这寺院里借宿。只是寺中僧人不在,他只得四处闲逛,等人归来。

一直到日暮时分,也没见有僧人回来,却看到一个壮汉走进寺院,开了南侧小屋的门。宁采臣快步走过去,对着壮汉行礼,向他询问是否可以借宿。

壮汉说:"这庙里没有和尚,我也是借宿,你要是不在意这里荒凉,就只管住下吧。"

宁采臣客气道:"就怕打扰您。"

壮汉说:"刚好我一个人也孤单,你住进来,我们早晚还能聊聊天,这是我的荣幸。"

听他这么说，宁采臣很高兴。他找了一间空屋子，略微打扫，铺了些干麦秸当床铺，又找了一块木板支起来，当作书桌，打算在寺庙里多住些日子。

当天晚上，皓月当空，月华似水。借宿寺中的两人，坐在佛殿的回廊下，促膝聊天，各自通报了姓名。

壮汉说："我姓燕，字赤霞。"

宁采臣猜测他是来金华考试的秀才，但听他的口音又不像是浙江人，于是问道："燕兄不是本地人吧？"

燕赤霞说："我是秦地人。"

两人虽是初识，却并不拘谨，倾心吐胆，相谈甚欢。荒凉的寺院中，不时响起爽朗的笑声。聊了好一会儿，觉得尽兴了，才拱手告别，各自回屋睡觉。

换了新地方，宁采臣躺了很久都没睡着。忽然，他听到房子北边有小声说话的声音，似乎是住了人家。他起身走出屋，趴在北墙根的石窗下，窥视外面的动静。只见短墙外有个小院子，院里有个四十多岁的中年妇人，还有一个老太太，穿着褪色的红色衣服，头上插着大银梳子，在明亮的月光下很是耀眼。老太太年纪很大了，鹤发鸡皮，看起来很虚弱。两人正站在月光下说话。

中年妇女说："这么久了，小倩怎么还不来？"

老太太说："应该快来了吧。"

妇女问："她是不是向姥姥您抱怨过什么？"

老太太说："倒是没说什么，但看起来闷闷不乐的。"

妇女说："对这丫头就不能太好。"

话音未落，宁采臣看见，有一个十七八岁的女子走了过来，这女子肤光胜雪，明眸皓齿，袅娜娉婷，尽态极妍。

老太太笑着说:"就不该在背后议论人,我俩正说你呢,你就来了,幸好没说什么不中听的话。"她看着女子又说,"这丫头真是好看,就像是从画里走出来的,我要是个男人,也会被你把魂勾走。"

女子说:"也就是姥姥您才这么夸我,别人谁会说我好呢?"

那中年妇女也跟女子说了几句什么,但声音太小,宁采臣没有听清。他猜测这几个女人应该都是邻居家的女眷。听墙根不是磊落君子所为,于是宁采臣转身回屋,躺下来继续睡觉。又过了好一会儿,墙外的说话声才消失了。

半梦半醒的时候,他似乎觉得有人进了屋,猛然惊坐起来,果然有人,仔细看,竟然是北院里那个绝色女子。

宁采臣赶紧站起来,诧异地问:"你要干什么?"

女子媚笑着说:"月色撩人,辗转难眠,公子孤身一人,也难免寂寞,你我不如及时行乐,切莫辜负此良辰。"

宁采臣为人豪爽,品行端直,自律甚严,不做背德之事,经常在外游玩,亦从未涉足烟花之地,何况与良家女子做须臾燕好。于是,他一脸正色地对女子说:"你不要脸,我还要脸,我要是做出如此不知廉耻的事,让人知道了,以后还如何坦荡做人?"

女子说:"深更半夜,哪里会有人知道?"

宁采臣不想听她再说,呵斥她快离开自己的房间。可是那女子不愿走,并且还凑过来跟他说话。

宁采臣厉声斥责:"快走!不然的话,我就要叫南屋里住的人过来看你的丑态了。"

女子听他这么说,脸上浮现出恐惧的神色,只好磨蹭着退了出去。才出门,又折回来,掏出一锭黄金,放在铺盖上。宁采臣抓起黄金，一把扔到屋外，大声说："不义之财，别弄脏了我的行李！"

那女子红着脸走出房间，捡起黄金，自言自语地说："这个男人的心啊，怎么比铁石还要硬。"

第二天上午，寺里又来了人，是一个参加考试的兰溪秀才，还带了一个仆人，两人住在东厢房。秀才闭门不出，刻苦读书。宁采臣只跟仆人打了几次照面。没想到两人才住了一晚，就出了事。

早上，仆人打水后叫秀才起床，叫了半天，里面也没动静。仆人推门进去，发现秀才倒在地上，已经断了气。听见仆人的叫喊声，宁采臣过去查看，他注意到秀才全身的血液似乎被什么东西吸干了，但是身上却没有伤口。仔细查验才发现秀才的脚底有一个细小的窟窿眼，在向外渗血，像是被锥子扎了。可究竟是怎么回事，谁也说不清。宁采臣想叫见多识广的燕赤霞来看，可是燕赤霞却不在家。

秀才死得莫名其妙，仆人不敢回去报信，也不知道该怎么办，只好先在寺里暂避。可是过了一个晚上，仆人也死了，而且死状跟秀才一模一样。宁采臣有些害怕了，他本想离开，但转念想到燕赤霞，担心他也遭毒手。于是，他就待在寺院大殿里，等燕赤霞回来。

直到暮色时分，燕赤霞才回来。宁采臣赶紧把发生的事给他讲了一遍，还带他看了两具尸体。

燕赤霞说："无妨，这是有鬼魅之物在行凶闹事。"

听燕赤霞这么说，宁采臣反而安心了。他行得正走得端，一身正气凛然，从不怕鬼魅之物。

当天半夜，那女子又来了。

宁采臣赶她走。女子却对他说："我阅人无数，从没有见过你这样正直刚强的。你如此圣贤，我不敢再欺骗你。我叫聂小倩，十八岁时夭亡，埋在这寺院旁边。可是我的灵魂却被妖精拘拿，胁迫我做这种下贱的事，寡廉鲜耻地勾引人，实非我所愿。现在寺院里没有能杀的人了，恐怕夜叉鬼要亲自来了。"

宁采臣毕竟是人，真要面对鬼怪，还是有些畏惧的，他问聂小倩，怎么样才能避免被夜叉鬼加害。

小倩说："你最好跟南屋那位燕先生待在一起，就可以免遭祸患。"

宁采臣惊异地问："你为什么不去勾引燕先生呢？"

小倩说："燕先生是能人异士，我不敢接近。"

宁采臣又问小倩是如何勾引杀人的。

小倩告诉他："凡是跟我亲昵的人，我都会趁其不备，用锥子扎破其脚心，待他昏迷过去，血就会被抽光，供给妖精喝。如果他不好女色，我就用黄金引诱。其实那块金子不是真的，而是罗刹鬼的骨头，留下它的人都会被摘取心肝。世人要么贪财，要么好色，总有一样能投其所好。"

宁采臣长叹一声，对小倩说："谢谢你告诉我真相，只是不知道那夜叉鬼什么时候会来？"

小倩说："就在明天晚上。"

一人一鬼又说了几句话，小倩就要离开了。

临走时，小倩哭着说："我堕入地狱苦海，四顾茫茫，想要解脱却没有办法。公子你义气冲天，一定能拯救苦难之人获得新生，如果你能装殓我的尸骨，带回家乡安葬，你就是我的再生父母。"

宁采臣说："只要我能活下来，我一定把你的遗骨送回家乡，只是不知道你的遗骨如今葬在哪里？"

小倩说："就在那棵乌鸦筑巢的白杨树下。"

说完，小倩就出了门，转瞬间就没了影踪。

第二天，宁采臣担心燕赤霞出门，一大早就去约他一聚。

宁采臣早早置办了酒菜，请燕赤霞过来一起喝酒。推杯换盏时，宁采臣仔细观察燕赤霞，也没看出他有什么奇异的地方。

酒过三巡，宁采臣说："我与燕兄一见如故，寺中荒凉冷清，就我们两个人，燕兄不如搬过来与我同住，两人在一起喝酒聊天，岂不痛快。"

燕赤霞摇头说："我这人性格孤僻，喜欢安静，不爱与人同住。"

宁采臣仗着酒意，也不管燕赤霞的意见，就动手把他的行李全都搬了过来。燕赤霞拗不过他，也不愿争执，只好自己把床铺也搬了过来。

燕赤霞对宁采臣说："我知道你是个坦荡君子，也倾慕你的风度，但我有我的秘密，现在还不方便告诉你。只是我必须事先提醒你，请你千万不要翻看我匣子里包裹的东西，否则对你我都没好处。"

宁采臣说："燕兄放心吧，我保证不动你的任何东西。"

两人继续喝酒，一直喝到天黑才尽兴。

临睡之前，燕赤霞取出一个小匣子放在窗台上，倒头便睡，不一会儿工夫，便鼾声大作。可是宁采臣心里有事，迟迟睡不着。快到一更时分，窗外隐约出现一个人影。不一会儿，就爬到窗户上窥视，眼睛发亮，忽闪忽闪的。

宁采臣十分害怕，刚想呼叫燕赤霞，忽然，有一个东西冲破匣子，朝窗外飞去，晶光闪耀，宛如一匹白色绸缎。那东西无比迅疾，把窗户上的石窗棂都撞断了，只一刹那又飞回来，宛如闪电一般。

燕赤霞听见动静，起来查看，宁采臣则假装沉睡，暗中观察。只见燕赤霞捧起小匣子，从里面取出一物，对着月光检视，看了一会儿又凑在鼻子上闻。那东西长约两寸，宽如韭菜，通体晶莹剔透。

查看了半天，燕赤霞才把它包起来，一连包裹了好几层，又放回已经破损的小匣子里。然后自言自语："什么老妖怪，如此胆大包天，竟然把我的匣子都弄坏了。"说完，就躺下继续睡觉。

宁采臣好奇不已，心里痒痒，实在忍不住，便爬起来，问燕赤霞是怎么回事，还把自己刚才看到的情形详述了一遍。

燕赤霞说："你我一见如故，我也就不再隐瞒。我是一个剑客。刚才如果不是石窗棂，那妖物早就死了。不过，虽然它侥幸逃过一劫，但也受了伤。"

宁采臣问："你的匣子里究竟是什么宝贝？"

燕赤霞说："是我的剑。我刚才闻到，上面有浓烈的妖气。"

宁采臣向燕赤霞提出，自己想看看那把剑。燕赤霞欣然答应，丝毫没有犹豫，从匣中拿出剑给他看。那剑通体发着荧光，宛如一泓秋水，在月光下清明澄澈。能使此剑者，绝非凡人。于是宁采臣对燕赤霞的尊敬又增了几分。

第二天，宁采臣出门，看见窗外的地面上有一些新鲜的血迹。

他走出寺院，一路向北，见荒冢遍地、破木碑石、凌乱杂陈，唯独有一座坟堆中生出一棵白杨，树上有个乌鸦窝。宁采臣想起小倩的嘱托，下定决心，返回寺中，向燕赤霞道别，收拾行囊，打算离开。

燕赤霞为其设酒践行。席间，燕赤霞一再向宁采臣表达自己的敬佩和情意，并拿出一个破旧的皮袋子送给宁采臣。他说："宁兄不要嫌弃，此物为剑袋，随身佩戴，鬼魅邪魔不敢近身，请一定要收好。"

宁采臣说："我欲向燕兄学习剑术，如何？"

燕赤霞严肃地说："像宁兄这样性情刚直、抱诚守真的君子，是可以当剑客的。不过,欲学剑术,须下苦功,数年磨砺,才能有所小成,宁兄出身富贵,终究非我道中人,无须受这样的苦。"

两人依依惜别,又说了许多话,宁采臣这才告别。他假托有个本家妹子葬在附近,就去挖出小倩的尸骨,用衣物包裹好,便租了一艘小船,返回家乡。

宁采臣家的房子临近郊野,他就在房子附近选好了一块地方,将小倩的尸骨安葬了。安葬好后,他说:"我担心你魂魄孤单,就把你埋在我家附近,你的歌声和哭泣,我都能听到,应该不会再被那些恶鬼欺负了。"他从随身带的罐里倒出一碗热汤,洒在坟前,又说,"这碗热汤你喝了吧,可能味道不够甘美,但请你不要嫌弃。"

宁采臣祭拜完,转身正要离去,却听见身后有人说话:"公子且慢,我跟你一起走。"宁采臣急忙回头,竟然是小倩。

小倩欣喜地说:"公子真是个讲信义的好人,就算是为你死去十次,我也无法报答你的恩情。如蒙不弃,请带我回家与公婆见面,做妾做婢我都愿意,绝不后悔。"

宁采臣细细打量小倩,只见她肌肤白里透红,犹如霞光;绰约多姿,纤若杨柳;秀足翘起,如同细笋。在日光下的容貌,竟然比在夜里更为娇艳。

于是,他带着小倩回到家中,让她先坐在厅里等候,自己去禀告母亲。

听了宁采臣的讲述,母亲十分震惊。

当时,宁采臣的妻子久病卧床,母亲告诫宁采臣,不要将小倩的事告诉她,免得让她受到惊吓。

两人正在商量怎么办才好时,小倩自己走了进来。见到宁母,她扑通一声跪倒在地。宁采臣只好向母亲介绍:"这就是小倩。"

宁母看着小倩，又惊又怕，怔在原地，也不知道该说些什么。

小倩说："孩儿孤苦无依，远离父母兄弟，承蒙公子对我的恩德，我情愿嫁给公子，以报答他的恩情。"

宁母细细打量着小倩，看她温婉秀丽，与活人并无两样，这才壮起胆子跟她讲话。她说："姑娘你愿意照顾我儿子，我当然也高兴，只是我只有这一个儿子，还想让他继承祖宗香火，怎么敢让她娶个女鬼呢？"

小倩说："孩儿实在没什么坏心思，我是已死之人，既然您不同意，我也绝不勉强。我请求您认我为女儿，我与公子以兄妹相称，今后就跟在母亲您身边，早晚伺候您老人家，这样可以吗？"

宁母宅心仁厚，见小倩一片诚心，就答应下来。小倩本想去拜见嫂子，但宁母说她卧病在床，不宜见人，这才作罢。

随后，小倩就钻进厨房，开始为宁母做饭。她在屋子里进进出出，一点儿也不生分，就像已经住了很久的熟人。

等天黑了，宁母还是有些害怕小倩，就让她去睡觉，却没给她安排床铺。

小倩自然晓得宁母的心思，就立即离开了。她知道宁采臣在书房读书，就来到书房门前，想进去，却又退出来，在门口徘徊，心绪不宁，好像是害怕什么东西。宁采臣听见小倩的动静，就开门叫她进去。

小倩说："书房里有剑气，我不敢进去。前一阵在路上，之所以没敢露面，也是这个原因。"

宁采臣忽然想起燕赤霞赠送的剑袋，他拿回家后，就一直挂在书房墙上，看来确实有神奇之处。于是他把剑袋取下来，挂在别的房间里，小倩这才敢进来。她坐在烛光下，也不说话，就那么静静地坐着，过了很久，忽然开口说："我小时候读过《楞严经》，现在多半都忘光了，兄长能不能借我一卷阅读，晚上闲暇时，可以向兄长你请教。"

宁采臣说："当然可以。"说完，他又继续读书。小倩又枯坐在旁边，默默地不说话，一直到二更时分，她还不说要走。宁采臣便催她离去。

小倩说："我是流落异乡的孤魂野鬼，真不愿回到荒凉的墓穴去。"

宁采臣说："屋里没有别的床铺，再说我们兄妹之间，应该避嫌才对。"

小倩只好起身，眉头紧蹙，嘴角抽动，一副差点儿要哭的样子，脚下也磨磨蹭蹭，迟迟不想离开。宁采臣心疼她，想让她留下住在别的房间，又担心母亲会怪罪，只能硬着心，埋头看书，一声不吭。小倩走走停停，最终还是走到了门口，轻叹一声，走下台阶，就不见了踪影。

自此以后，每天早上，小倩都早早来，先去问候母亲，端着洗脸水，伺候母亲梳洗。然后就开始忙家务，母亲叫她干什么，她就马上去干什么，没有表现出一丝不愿意的样子。忙碌一天，到傍晚时分，她跟母亲告退后，就来到书房，在烛光下诵读经书。直到宁采臣要睡了，她才依依不舍地离去。

先前因为宁采臣的妻子生病，家里都是宁母一个人操劳，经常觉得很疲惫，自从小倩来了后，承担了大部分家务，宁母一下子清闲下来。她打心眼儿里感谢小倩。日子一天天过去，宁母和小倩的关系也越来越融洽，她把小倩当自己的亲闺女一样，完全忘了她是个女鬼，即使到了晚上，也舍不得让她离开，便留她跟自己一起住。

聂小倩

小倩刚来家时,不吃不喝,水米不进。半年以后,渐渐会喝一些稀粥。宁家母子都特别疼爱小倩,从来不提及她的身份,所以旁人都不知道小倩是鬼。

过了一段时间,宁采臣的妻子病逝了。宁母有心让小倩当自己的儿媳妇,可又担心会对儿子不好。

小倩觉察到了母亲的心思,就找了个机会对她说:"我来家里已经住了一年多,我是什么样的,母亲您应该很清楚。我就是因为不想害人,才跟着公子来到这里。我对公子没有太多企图,公子光明磊落,连天人都钦佩他,三五年后他会高中进士,我只是想依附他,博一个封诰,也让泉下的我有些光彩。"

母亲也知道小倩没有恶意,只是担心影响宁家传宗接代。

小倩宽慰她说:"子女都是天赐的,公子命中有福报,会生出三个光耀门楣的孩子,并不会因为娶了鬼妻而丧失。"

宁母相信了小倩的话,便找来儿子商议。宁采臣自然高兴,就此定了婚事。宁家大摆酒宴,邀请亲戚朋友前来观礼。

席间,有人要看新娘子,小倩便穿着好看的衣裳爽快地走了出来。满屋子的人都看呆了,他们不但不怀疑是鬼,反而认为是天女下凡,纷纷赞美。宁家娶了个仙女媳妇的消息传出去后,远近的亲戚女眷,都争先恐后地带着礼品来家里祝贺,想与小倩拜会相识。

小倩很擅长画兰花和梅花,常常把自己画的条幅送给亲戚当谢礼。得到画的人都无比珍惜,并以此为荣。

有一天,宁采臣见小倩低头坐在窗前,显出焦虑的神情。他问小倩原因,小倩也不说。过了一会儿,小倩又问他:"那个皮剑袋放哪里了?"

宁采臣说:"因为你怕它,我就封藏起来放别处了。"

小倩说:"我跟活人住了这么久,也有了人气,应该不会再怕它了,还是拿出来挂床头吧。"

宁采臣看她神色有异,就问:"你怎么忽然想起它了?"

小倩说:"这两天我心神不宁,总觉得有什么事要发生。金华那个妖怪恨我逃走,肯定在四处找我,迟早会找到这里的。"

宁采臣为了安小倩的心,就把剑袋取了出来。

小倩拿着剑袋看来看去,说道:"这是剑仙盛放人头的皮袋子啊,能破旧成这样,不知道杀了多少人了,煞气才这么重,我现在看着,身上都起了鸡皮疙瘩。"说着,就把它挂在了床头。

到了第二天,小倩又把剑袋挂到门口。

当天晚上,小倩提醒宁采臣不要睡觉,两人对烛而坐。忽然外面有一个东西,像鸟一样坠落下来。小倩吓得连忙藏在床帏后面,宁采臣往外看,竟然是一个怪物,像寺庙墙上画的夜叉鬼,两眼闪光,舌头血红,张牙舞爪地朝房间扑过来,到了门前,又退后了几步。徘徊了好半天,才接近剑袋,伸出爪子,想把剑袋撕碎。忽然,剑袋发出咯噔一声,变得像个大竹筐。宁采臣恍惚看见有个鬼物从里面探出半身,把夜叉揪了进去。然后声音就消失了,剑袋也缩成了本来的样子。目睹这情景,宁采臣又惊又惧。

这时,小倩从床帏里跳出来,欣喜地说:"好了,这下没事了!"

他们取下剑袋,看见里面只有几斗清水。

又过了几年,宁采臣果然考上了进士。小倩也生了一个儿子。后来,宁采臣又纳了妾,小倩和妾每人又生了一个儿子。

三个儿子长大后都做了官,名声都很好。

连琐

杨于畏从别处迁居到泗水岸边,书房正对面是一片荒芜的旷野,院墙外是一片墓地,有许多古墓。每到夜晚,总能听见白杨林萧萧作响,风声如波涛奔涌,不绝于耳。

这天深夜,杨于畏独坐房中,秉烛夜读,耳闻窗外的萧瑟风声,顿觉心中有无限悲凉。忽然,在风声的间隙,他听见墙外有人吟诗:"玄夜凄风却倒吹,流萤惹草复沾帏。"一遍又一遍,只是重复着这两句,声音凄婉而哀伤。

杨于畏侧耳倾听,那声音柔声细气、婉转悠扬,应该是个年轻女子。不由得疑惑,如此荒郊,夜间怎么会有女子出没?

天亮后,他到墙外去看,并没有发现人的踪迹。仔细搜寻,在稠密的荆棘丛里,发现一条紫色丝带,像是有人遗落在此。他见四下无人,就把丝带捡回来,放在了窗台上。

半夜二更时分,墙外同一个方位,那个声音再次传来,吟诵着与昨夜同样的诗句。杨于畏搬了一把方凳,放在墙边,踩上去往外看,墙外一片漆黑,并没看到什么,但吟诵声立即就停了。

杨于畏忽然有了个古怪的想法,墙外的吟诗者,并非活人,应该是一个女鬼。一时间,昔日看过的狐鬼精怪故事,全都从记忆里涌了出来,其中不乏吓人的恐怖故事。尽管如此,那"女鬼"吟诵的两句诗，却深深地打动了杨于畏，竟让他起了想见她的心思。

第二天晚上，杨于畏事先趴在墙头上，跷足而待。一更快要过去时，只见荒草丛中缓缓出来一个女子，她单手轻扶小树，低垂着头，凄婉地吟诵着那两句哀伤的诗。

杨于畏轻轻咳嗽了一声，那女子马上就隐没于荒草中了。杨于畏继续藏在墙根下，静静地等待。又过了一会儿，那女子再次出现，继续吟诵。这一回杨于畏没有着急，直到那女子吟诵完毕，他才隔着墙接续着她的诗，大声说道："幽情苦绪何人见？翠袖单寒月上时。"

过了好长时间，外面都没有回音，杨于畏只好悻悻地回屋。刚刚坐下，就看见一个美丽的女子，穿过院墙，走了进来。进屋之前，她细心地整理了一下衣服，这才施施然地走进来，走到杨于畏面前，行礼说："原来公子是风雅的文士，我不应该胆怯地躲着您。"

杨于畏激动地说："这也是人之常情，姑娘先坐下说话吧。"

他见女子瘦削而羸弱，身上冒着丝丝寒气，弱不禁风的身体，似乎连衣衫的分量也承受不住，更加确信她非活人。

他问女子："姑娘家乡在哪里？客居此地很久了吗？"

女子也不瞒他，坦诚地说："我本陇西人，自幼跟随父亲四处漂泊。十七岁时得了重病夭亡，如今也应有二十多岁了。身居九幽之下、荒野之中，寂寞如离群的候鸟，失路的羔羊。"言语间情凄意切，黯然销魂。

杨于畏见她如此，也不免郁悒，就转移了话题，问她："你念诵的那两句诗，是哪位诗人的佳句呢？"

女子微微一笑，说："是我自己的信手闲笔，以寄托我心里的怨愤和愁痛。我思虑了很久，都未能写成一篇，承蒙公子您为我续写，我就算身居九泉之下，也无比欣喜快慰。"她苍白的脸上，似乎有了一丝红晕。

杨于畏看着她楚楚可怜的样子，心里禁不住春意萌动，伸出双臂，把她紧紧搂在怀里，要和她欢好。

女子虽没有拒绝，却紧蹙着眉头说："并非我不愿与您欢好，只是我已是墓中枯骨，不比活人，您与我交合，会折损阳寿。我实不忍心祸害您。"

杨于畏听了女子的话，暗自思量，欢好虽好，但活着才是大事。可如此一个美人在身边，如果不做点什么，岂不是枉为男人？于是，他对女子说："虽然不能欢好，亲热一下总是可以的。"说着，就伸手到女子胸前揉摸，只觉温软而细腻。摸了好一会儿，又提出要看她裙子下面的三寸金莲。

女子低头笑着说："你这好色之徒还没完没了了。"但也没有拒绝。

杨于畏捏着她的小脚，把玩了半晌，见她穿着月白色丝袜，一只脚上系着一缕彩线，另一只脚上却系着紫色的袜带。心里恍然，故意问她："为什么两只脚不都系上袜带呢？"

女子说："昨晚躲避你时，袜带掉了，没有找到。"

杨于畏笑着说："那我送你一条吧。"他起身从窗台上取下那条紫色的袜带，递给女子。

女子惊异地问："这不是我丢的那条吗？你从哪里得来的？"

杨于畏就把白日里的事告诉了她。女子羞涩地当着他的面，解下彩线，换上了袜带。

两人聊了一会儿，女子站起来，缓缓走到桌边，随手翻看桌上的书。当她看到元稹所作的《连昌宫词》时，感慨道："这是我在世的时候最爱的诗,如今读到它,真是恍若隔世啊。"

见女子说起诗,杨于畏越发开心,他们又谈了许久的诗文。杨于畏觉得她既聪慧调皮,又乖巧可爱。两人坐在窗前灯下,促膝长谈,就像遇到了知己好友一般。

从此,杨于畏每晚只要听到她的读诗声,就知道她要来了。女子多次叮嘱他:"我们之间的事,您一定不要泄露出去,我自幼胆子小,担心被坏人知道了,会来欺辱我。"

杨于畏向她保证,自己一定不会说出去。两人的感情越来越融洽,如鱼在水中般自在,虽然他们从未同床共枕,但感情却像新婚夫妻一样亲密无间。

无意间,杨于畏发现女子写得一手好字,字体端庄秀丽,就请她为自己抄书。女子欣然而为,又自己选了宫词百首,抄写后诵读。她还让杨于畏置备了围棋和琵琶,每晚都教他下围棋,有时为他弹奏琵琶。杨于畏在心里暗暗赞叹,真是一个奇女子,想必在世时,也是出身于书香门第。

她弹奏《蕉窗零雨》时,曲调凄婉,感人肺腑,让杨于畏心酸到无法听下去。于是她又改为《晓苑莺声》,杨于畏顿觉心旷神怡。两人在灯下,琴棋书画,尽情玩乐,经常到天明。经常是看见窗户上有曙光降临,女子才慌慌张张地走掉。

一天,杨于畏的朋友薛生来访。杨于畏午睡正酣,薛生没有叫醒他,在房间里随意观看,见到琵琶和棋具,十分好奇,他知道这些并非杨于畏所长。翻阅书卷时,又看到一些手抄的宫词,字迹娟秀端正,心中便越发疑惑。

等杨于畏醒来,薛生问他:"什么时候对下棋、弹琵琶感兴趣了?"

连琐

杨于畏说:"随便玩玩而已。"

薛生又问那些宫词是哪里来的,杨于畏假称是从朋友处借来的。

薛生反复端详那些字迹,看见诗卷最后一行小字写的是"某月某日连琐书",就笑说:"连琐,一看就是女子的小名。"

杨于畏窘迫不安,不知该如何回答。薛生追问不休,他就是不说。薛生卷起抄本,要挟他不说就会带走。杨于畏被逼急了,只好实话实说。

薛生听了,兴致盎然,提出想见连琐一面,杨于畏只好把连琐让他保密的嘱咐告诉他。可禁不住薛生再三请求,他只好说先跟连琐商量,看看她的意见。

夜里,连琐过来后,杨于畏把薛生的请求告诉了她。

连琐生气地说:"你怎么把我的话当成耳旁风,像个长舌妇一样多嘴多舌,到处乱讲!"

杨于畏便把白日的情形讲给她听,说自己也是无可奈何。

连琐冷冷地说:"看来我们的缘分到头了。"

杨于畏连连劝慰,但连琐始终无法释怀,起身说:"你招来了恶人,他肯定不会善罢甘休,我还是暂时躲一躲吧。"

次日,薛生过来后,杨于畏告诉他连琐不愿见面。薛生怀疑他有意推脱,欺骗自己。于是当天晚上,薛生带了两个同学一起到杨于畏家里来,一直坐到深夜,借故不走,还故意胡闹,整夜喧哗不止。杨于畏非常生气,但又无可奈何。

一连闹腾了好几夜,也没见到连琐的影子,几个人觉得无聊,就不再吵闹,有了回去的心思。正在这时,墙外又传来幽幽的吟诗声,大家安静下来细听,声音凄切而哀伤,几欲催人泪下。

薛生正全神贯注地听着,同学里有一个武生王尾,不解风情,不通诗文，捡起一块大石头就向墙外投去，还大声喝道："忸怩作态不出来见客，哪能作出什么好诗，哭哭啼啼的，真让人心烦！"

墙外的声音顿时消失。所有人都埋怨王尾，杨于畏更是气得眼睛都红了，扑上去要和王尾拼命。其他人赶紧把他拉开，劝慰了许久，气还没有消，他冲着其他人喊道："明天你们滚出我家，要不然我就去报官，告你们私闯民宅。"薛生等人自觉无理，天没亮就灰溜溜地走了。

这天晚上，杨于畏独自在房子里惆怅，盼着连琐能回来，可是一连几晚都没见到她的影子。终于有一天，连琐忽然到来，杨于畏扑上去搂住了她。

连琐哭着说："你招来的这些恶人，差点儿把我吓死了！"

杨于畏连忙向她认错道歉，可是连琐说："我早就告诉你，咱们的缘分到头了，就此一别两宽吧。"说完急匆匆地跑出门，杨于畏赶紧追出去，连琐早已踪影全无，只有夜幕中依稀的星宿明灭闪烁，似乎在诉说着古老而悲伤的故事。

杨于畏苦等了一个多月，连琐再也没来过。他茶饭不思，既悔恨，又悲伤，然而无可奈何花落去，只能夜夜酩酊大醉，形容枯槁，万念俱灰。

一天晚上，杨于畏又在独饮烈酒，连琐掀开门帘走了进来。杨于畏以为自己眼花了，使劲揉了揉，发现日夜思念的人正在眼前。他大喜过望，踉跄着站起来，紧紧拽住她的衣襟说："你原谅我了是吗？"

连琐流泪不止，却一言不发。杨于畏察觉到异样，问她发生了什么事？连琐欲言又止，杨于畏再三追问，她才说："当时我怄气离去，现在遇到难事，又来求你，心里十分羞愧。"

杨于畏说："当时全都是我的错，你走以后，我日思夜想，羞惭而悔恨，只要能见你一面，死都愿意。"

连琐说："莫说这样的话，我来是有事请你帮忙。"

杨于畏问："不要如此见外，我一向把你当作自己的妻子，有什么事，请只管说。"

连琐说："不知从哪里来了一个肮脏的鬼役，非要逼我当他的小妾。我出身清白人家，怎能屈身于下贱的鬼差呢？可惜我是一介柔弱的女流，根本无法与之抗争。你如果把我当妻子的话，这种时候，不会听之任之吧？"

杨于畏一听勃然大怒，当即就想去打死鬼差，可是又顾忌阴阳有隔，自己有劲儿也使不上。他问连琐有什么办法。

连琐说："明夜你早点睡觉，我在你梦中请你去。"

于是两人重新和好，聊了些知心话，一直坐到天亮。连琐临走前，嘱咐杨于畏白天不要睡觉，等到夜晚再相会。杨于畏答应了。

午后，杨于畏饮了些酒，竟然有些醉意，和衣躺下，不知不觉就睡着了。忽然看见连琐过来，递给他一把刀，拉起他的手就走。两人来到一处院落，关上院门，杨于畏刚想问连琐缘由，就听见有人用石头砸门。

连琐惊叫说："仇人来了！"

杨于畏打开门，猛蹿出去，见一个人头戴红帽，身穿青衣，长着像刺猬般的络腮胡须。杨于畏愤怒地斥骂他，鬼役也横眉怒目，凶狠而恶毒地谩骂不停。杨于畏大怒，持刀冲上去拼命。鬼役捡起石块，雨点般地砸了过来，有一块正砸中杨于畏的手腕，疼得他握不住刀。

正在危急之时，远远望见一人，腰里挂着弓箭，正在打猎。杨于畏仔细一看，原来是薛生的同学——武生王尾，急忙大声呼救。

王尾听见呼救声，认出了杨于畏，急忙跑过来，弯弓搭箭，朝鬼役一箭射去，正中大腿，再一箭，就结果了他的性命。

杨于畏欢喜地道谢。王尾询问缘故，杨于畏就把事情的经过一一告诉了他。王尾暗自庆幸自己已将功折罪，于是和杨于畏一起来到连琐的屋子里。

连琐此时战战兢兢，羞怯不安，站得远远的，一声不吭。

王尾见桌子上放着把小刀，有一尺多长，刀把上镶嵌着金玉。他猛然把刀从匣中抽出来，寒光凛凛，刃如秋霜。王尾赞叹不绝，爱不释手。他见连琐如此羞怯可怜，跟杨于畏说了几句话，便告辞离去。

杨于畏也独自返回家中，翻墙时，跌倒在地，竟猛然从梦中惊醒。只听村里的雄鸡啼鸣此起彼伏，已是拂晓时分。他觉得手腕很疼，天亮时一看，皮肉都红肿了。

中午时，王尾上门，说起昨夜做了个奇怪的梦。

杨于畏问他："是梦见射箭了吗？"

王尾好奇他怎能未卜先知。杨于畏伸出手腕，把事情的始末告诉了他。王尾回忆着梦中所见连琐的容貌，遗憾未能真正见上一面。他自觉对连琐有功，又请杨于畏转达自己求见的恳切愿望。

到了夜晚，连琐前来拜谢。杨于畏把功劳都归于王尾，并转达了王尾想见她一面的心愿。

连琐说："他的救助之恩，我万不敢忘记。但他是个鲁莽粗壮的武夫，这让我实在害怕！"过了会儿她又说，"我看他喜欢我的佩刀。这把刀是我父亲出使南粤时，花百两银子买来的。我对它特别珍爱，缠上金丝，镶上明珠，贴身珍藏。父亲可怜我青春夭亡，

连琐

就用这把刀给我陪葬。如今,我愿割爱,把刀赠给王尾,他见了刀,也就如同见到我一样。"

第二天,杨于畏把连琐的意思转达给王尾,王尾大喜。到了夜晚,连琐果然把刀带来了。她对杨于畏说:"请嘱咐他好好珍藏,这把刀可不是我们中原出产的东西!"

从此以后,连琐和杨于畏亲密来往如初。

过了几个月,有天晚上,连琐忽然在灯下笑看着杨于畏,像是要说些什么,可马上又脸色羞得通红,几次欲言又止。

杨于畏抱着她,询问她到底想说什么。

连琐说:"长久以来承蒙你的眷爱,接纳了活人的气息,天天食人间烟火,枯骨竟又重获生机。现在只需要人的一点精血,我就可以复生了。"

杨于畏笑着说:"一直都是你不肯,哪里是我吝惜呢?"

连琐说:"我们交合后,你会大病二十多天……但吃药可以治愈。"

于是,两人宽衣解带,上床后百般恩爱起来。

事后,连琐起床穿上衣服,又说:"还需一点儿活人的鲜血,你能够忍痛再多给我一点儿爱吗?"

杨于畏丝毫没有犹豫,取过利刃,刺破了手臂。连琐仰卧在床,让鲜血滴进自己的肚脐中。随后,她起来说:"我此后不再来了。你记住,一百天后,看我坟前有青鸟在树枝上鸣叫,就赶快挖坟。"

杨于畏接受了嘱托。连琐临出门时又反复叮嘱:"千万记住,别忘了。时辰早了晚了都不行!"说完便走了。

过了十多天,杨于畏果然大病,腹胀如鼓,疼痛难忍。请来大夫,抓药吃下,排泄出很多稀泥状的浊物。又过了十多天,病才痊愈。

杨于畏每日计算着时间,不敢有丝毫疏忽,等到百日之期已至,就让家人扛着铁锹在连琐墓前等候。

直到日落时分,忽然不知从哪里飞来两只青鸟,落在树枝上清脆地鸣叫。杨于畏兴奋地说:"动手吧!"

于是,众人刨去荆棘,挖开坟墓。墓穴里的棺木早已朽烂,而连琐的面容却像活人一样。杨于畏伸手一摸,她身上竟然还有微微的温意。

他们蒙上衣服把她带回家,放在温热的地方,过了好一会儿,连琐才慢慢有了气息,只是气若游丝。杨于畏又给她喂了一些稀粥,直到半夜,连琐才完全清醒过来。

后来,她常对杨于畏感慨:"死了二十多年,恍然如一场大梦啊。"

鲁公女

张于旦从萧丘寺里出来，走上山门前的一段小路。行了半个时辰，远远看见前面的地形开阔起来。那是一个村庄，张于旦打算去村里买些粮食。但走到这里，突然又觉得没有了食欲。于是张于旦拨开一片野草，往山上走去。

这座山张于旦并不熟悉。他儿时虽贪玩，但自束发之后勤于学业，再没有爬过山。此时越登越高，只觉得眼前处处新鲜。住在萧丘寺里苦读半年，张于旦的心中已有些郁结。来到山顶，柳暗花明，山风一吹，忽然觉得襟怀开阔，那一丝郁结也消散了。

来路是山阴之地，林间地面潮湿，似乎晨露未晞。不知不觉，张于旦的衣摆已被打湿。

不远处的一丛矮树突然一动。窣窣的声响让张于旦抬眼望去——是一只小鹿。那只鹿回头看了一眼张于旦，黑黑的眼睛闪烁了一下，再一跃，消失在了树林中。

张于旦的眼睛亮了。小鹿一跳，山景凭空多了几分生动。他忍不住泛起童心，拾起衣摆，往小鹿消失的方向走去。穿过矮树，他还能隐约看到小鹿带动草木的痕迹。再追上去走一会儿，忽然找不着那只小鹿了。

张于旦心中有些怅惘。看看时辰，也该下山了。走不多远，一阵马蹄声传来。循声看去，一匹黑色小马嘚嘚地跑来。骑马之人的鞍后，一团黑灰色的东西随着马蹄声一起一伏。

小马跑到近处，张于旦看清了。马上驮的原来是刚才那只小鹿。小鹿身上插着一支箭。骑马的人则是一名少女。这名少女锦衣貂裘，背负长弓，身姿娟秀，眉眼如画。

张于旦看得呆住了。

少女勒住马，问他："你看什么？"

张于旦这才意识到自己的冒失，连忙拱手行了一礼。抬头时，那少女却扑哧一笑，扬了扬缰绳，驾马离去。

小鹿已失去生机的眼睛，对着痴呆的张于旦上下起伏，渐渐远去了。

自那日以后，张于旦总是不能静下心来好好读书。每每强迫自己吟诵文章，不过片刻就觉得心里烦躁，只好丢下书外出散步。

萧丘寺里只有一名僧人，名叫道济和尚。村里人也不知道这个和尚从哪里来。某一年他经过萧丘寺，便在寺后开了一片荒地种田，住进了寺中。张于旦借住寺中苦读，唯一的朋友便是道济。

张于旦找道济闲聊。道济对张于旦说："既然心有挂碍，便应当去了却因果。"张于旦豁然开朗。

他来到那天偶遇少女的地方。少女虽没有出现，但张于旦下山回到寺中，就能静下心来读书了。就这样，他每天都至少去一次山上。有一次找到几滴鹿血，但再没有见过那名少女。

就这样过了一个月。这一天，张于旦从山上下来，远远看到冷清的萧丘寺门前停着一辆马车和几个仆役。道济和尚正送几个人走出山门。其中一人身着锦衣，满面哀戚之色。他向道济千恩万谢，拱拱手后，乘上马车离开了。

张于旦正好和马车一错而过。进了萧丘寺,他猛地想起,拉车的马,居然就是那日少女所骑的黑马。他急急地找到道济,一问之下才知道,原来刚才那人是本县县令鲁公。鲁公有一独女,爱打猎。前几日打猎回家后,突然起了急症。大夫束手无策,鲁家千金当夜便香消玉殒。鲁公乃是辽东人氏,家乡太远,只好先把爱女的灵柩寄放在萧丘寺中。

张于旦心痛难忍。抱着万分之一的希望,让家人去县里打听。最终还是确认了日思夜想的少女正是鲁公刚刚去世的独女。

自此之后,张于旦每天早起,到棺前焚香。然后虔诚祝告,似在供奉神明。每到饭前,必先洒酒祭奠,然后喃喃自语许久,不知说些什么。

道济大约猜到,张于旦心中的挂碍就在鲁家小姐身上。他喃喃自语的话,自然是说给鲁家小姐听的。好在除此之外,张于旦读书还算勤奋。因而道济每日照常念经礼佛,不以为意。

这样又过了半个多月。有一天夜里,张于旦像往常一样挑灯夜读。忽然觉得眼睛有些酸,一抬头,却见鲁家小姐正含着笑意,站在眼前。

张于旦先是一惊,站起身来,接着看清少女嘴角的笑,又心头狂喜。再想到寺里的灵柩,不免又一阵心痛,喉头一哽,一时竟说不出话来。

鲁家小姐问他:"你看什么?"

张于旦端端正正地行了一礼,左思右想,却不知如何开口问候。

鲁家小姐说:"我都知道,谢谢你的深情。生前我有礼法约束,死后却没什么禁忌。所以便来了。"

张于旦大喜,上前一步,玉人就依偎进了他的怀抱。一人一鬼情难自抑，当夜就行了周公之礼。

这一夜后，鲁小姐每晚都来，和张于旦恩爱缱绻。有一天欢爱过后，鲁小姐对张于旦说："妾生前喜欢打猎，杀了太多生灵，以致罪孽深重，死后亡魂都没有归宿。张郎若真心爱我，请替我念诵一藏之数的《金刚经》。妾生生世世都将记得你的恩情。"

张于旦立刻答应下来。自此不分日夜，一有时间就去鲁小姐的灵前诵经。

道济看他这样诚心，就送给他一串念珠。等张于旦念到一千遍《金刚经》时，忽然发现很久没见过道济了。去道济的僧舍，竟看到地面已经长满了杂草。

原来已过去一年多了。张于旦提出，想带鲁小姐回家，又担心鲁小姐长途劳顿，不胜跋涉之苦。就说："我抱着你赶路，咱们回一趟家吧？"

鲁小姐盈盈一笑，答应了。张于旦抱起她，发现她竟像没有重量一般。

于是他们白天休息，晚上赶路，终于回到了家。虽然家人看不见鲁小姐，但鲁小姐看得见他们。

再回到萧丘寺，张于旦把道济开垦的地又种了起来。每天夜里和鲁小姐享受鱼水之欢，白天读书耕田、诵经礼佛。

到了乡试的时间。张于旦想带鲁小姐去参加，鲁小姐却说："张郎福运还薄，恐怕去了也是徒劳。"张于旦就听她的话，没去参加乡试。

又过了几年，鲁公被罢官。因为为官清廉，鲁公竟连将女儿的灵柩迁回辽东的财力都没有。只好就近安葬，却又找不到一块合适的墓地。

鲁小姐把这件事告诉了张于旦。张于旦就去找到鲁公，骗他说："小生家就离萧丘寺不远。在寺后也有几亩薄田。若鲁公不嫌弃，小生愿将田产献出来，安葬你家小姐。"

鲁公不知道张于旦为什么要这么做，但还是很感激他，就将女儿安葬在了萧丘寺旁。

鲁公走后，鲁小姐问张于旦："为什么要骗父亲呢？"

张于旦回答她："我没有骗父亲大人，你我的家就在萧丘寺。"

这之后，张于旦果真以萧丘寺为家，和鲁小姐亲密恩爱，一如往常。

没想不久之后的一个夜晚，鲁小姐突然靠在张于旦的怀里哭了起来。

张于旦问她："是想家了吗？"

鲁小姐站起来，敛衽跪下，哭着说："我跟张郎恩爱这么多年，今夜却要跟你告别了。你对我的恩惠，恐怕我几世都无法报答。"

张于旦惊问道："为什么？"

鲁小姐解释："承蒙张郎垂怜我一介孤魂野鬼。但我们终究人鬼殊途。你诵满了一藏之数的《金刚经》，我已得超度，要托生到河北卢户部家去。如果张郎不愿忘却你我的恩情，十五年后，八月十六，请来河北保定府找我。"

张于旦泪如雨下，泣不成声："我今年已经三十多岁了。十五年后，我已经是个老人，你才十五岁。就算再见到你，又能怎么样呢？"

"我愿意做你的奴婢来报答你。"

张于旦仍然只是哭。仿佛回到了初见鲁小姐的时候，再说不出一句话来。

鲁小姐站起来，帮张于旦擦擦眼泪，说："张郎，送送我吧。此去路上荆棘丛生，我的衣裙太长了，要走过去不容易。"

她搂住了张于旦的脖子。就像当年一起回家一样，张于旦抱起轻如鸿毛的鲁小姐，出了萧丘寺的山门。

山门前的小路消失了。取而代之的是一条上山的路。张于旦虽然心中不忍，但也知道天意不可违。他大步踏上山路，走出三里，到了山顶。当年鲁小姐射鹿的地方，竟是遍地荆棘。鲁小姐的眼神中露出畏惧，抱紧了爱人的脖子。张于旦踩上去，竟并不觉得疼痛。在荆棘中又走三里，来到了一条通衢大道。在大道上再走三里，看到前面的路旁停着一队车马。

马上都骑着人，有一人的，也有两人的。马车上也都坐着人，每辆上面坐着三四人、十数人不等。唯独一辆漂亮的马车空着，只有一个老太太坐在车辕上。这辆马车镶嵌着金银饰物，车帘坠着彩丝流苏，帷幔是大红的锦绣。

张于旦放下鲁小姐。

老太太说："来了？"

鲁小姐恭敬地回答："来了。"然后回头对张于旦说，"张郎，前面的路你不能送了。千万不要忘了我说的话。"

张于旦重重地点头。

鲁小姐走到马车旁，老太太把她扶进了马车。马还未动，车轮自己就转动了起来。接着，整支队伍都叮叮当当地开始往远处移动。

不过转瞬之间，队伍便消失了。

张于旦怅惘地回到萧丘寺，呆呆地坐到天亮。待天光照进古寺，张于旦突然醒悟过来：十五年后，八月十六。他去院里捡了一块碎石，在墙面上刻下两行字：十五年，八月十六。刻完后，张于旦觉得少了一点什么。于是又在墙角刻下一道痕迹。这代表一天。

张于旦心里这样想，鲁小姐能够托生转世，是因他念诵《金刚经》的功德。那么以后，应该更加虔诚诵经才是。

之后，张于旦又恢复了往常的生活。每天读书耕地，诵经礼佛。山中不知岁月改。倏忽几年过去。

张于旦在自己低沉的诵经声中，做了一个梦。

一个神仙告诉他："你的志向值得嘉许，但还是要去南海。"

张于旦问："南海在哪儿？"

神仙说："就在这方寸之地。"

张于旦睁开眼睛，看到面前跪着两个少年。个高的叫张明，另一个叫张政。张于旦知道他们是自己的儿子，却想不起来自己什么时候结过婚。

张明说："爹爹，我考上进士了。"

张政说："爹爹，我也是举人了。"

张于旦点点头。

张明和张政一起说："爹爹，请和我们回去吧！"

张于旦摇摇头，捻动佛珠，继续念经："须菩提，于意云何？可以身相见如来不……"

又有一天夜里，一名青衣人来到萧丘寺，邀请张于旦出游。两人来到山上的一座宫殿。宫殿正中坐着一个人，居然是一位菩萨。菩萨对张于旦说："你一心向善，可喜可贺。只可惜命中注定寿数不长。好在有人向上天替你求情了。"

张于旦磕头感谢，菩萨叫他起来。又叫来青衣人，为张于旦上茶。张于旦喝了一杯茶，发现茶香芬芳，如兰花一样。喝罢茶，一名童子又领他去沐浴。浴池清澈见底，还有几只游鱼在嬉戏。

池水散发着淡淡的荷叶香气。张于旦泡在里面，只觉得水温适宜，浑身放松。不知不觉，他走到了浴池深处。再往前走，眼前突然开阔起来。只见水波涌动，宫殿已经消失。水一直漫延到天际，几朵比山更高的白云，浮在水面上。白云之下，有一个黑点，仿佛笔山的形状。

张于旦恍然，此处是南海，前面是普陀山。

就在他这么想的同时，突然觉得脚下一空，失去了平衡。池水瞬间没过他的头顶。

张于旦从梦中醒来。

仍然是在萧丘寺的僧舍中。张明和张政跪在眼前。

张明说："爹爹，母亲已经去世几年了。您一个人住在山里，我们为人子不能尽孝，实在无法安心做官。"

张政也说："是啊爹爹，圣上要派我去招远做官。您跟我去招远生活吧？"

张于旦的眼神却落在了他们身后的墙上。整整一面墙，都被一道一道整整齐齐的刻痕填满，显得"十五年，八月十六"那两行字异常突兀。

张于旦低头，发现自己的胡子已经长到了地上。伸手一捋，花白的胡子便往地上掉。他觉得头痒，伸手挠了挠，竟抓下一把长长的白发。

十五年过去了。和鲁小姐的过往，一瞬间全部涌上张于旦的心头。张于旦的菩提心，突然荡起了波澜。

张明和张政捧起张于旦掉下的白发，一起哭着磕头："爹爹，请和我们走吧！"

张于旦问他们："还有多久到中秋？"

张明回答说:"还有一月有余。"
"帮我准备一辆马车。"
两兄弟大喜,连忙站起来去扶父亲。
张于旦继续说:"还要一件干净衣服、一个仆从、一些盘缠。"
张明和张政面面相觑,张政问:"爹爹想去哪儿?"
张于旦说:"去河北。"
张明和张政都是孝子,父亲有命,就赶紧去准备。几天后,就带着马车、仆役赶到了萧丘寺。
就在这短短的几天时间里,张于旦的胡子竟已全部脱落,白发也已经变黑,甚至皱纹都变浅了。
张明和张政很惊异,但也只道是父亲一生修行,福报所致。
河北保定府有一位卢大人,官居户部尚书。卢尚书有一独女,正是鲁小姐转世。她生下来就会说话,长大后更是聪慧貌美,远近闻名。
卢家小姐今年刚十五岁,便有许多富贵人家请媒人上门提亲。然而她却一概拒绝。父母很奇怪,问她为什么连问都不问一下就拒绝?卢小姐便把自己前世和张于旦的约定告诉了父母。父母亲算了算年月,告诉她:"傻女儿,就算你说的是真的,这个张于旦今年也五十多岁了。世事沧桑,就算他还在世,估计也已经头发花白、牙都掉完了。"
可卢小姐却听不进去父母的劝说,坚决要等张于旦来赴约。
卢尚书就和妻子商量,让家人把所有客人都拒之门外,只要过了八月十六,女儿等不到那个张于旦,自然也就死心了。
此时张于旦已经来到了保定府。打听之下,果然有一位卢尚书居住于此。此时张于旦竟已仿佛换了个人,脸上的皱纹也彻底消失了,像一个十五六岁的少年一般。

待到中秋过后,八月十六,张于旦一早便去登门拜访。然而卢家的看门人按照卢尚书的吩咐,不肯收他的拜帖。张于旦还想求情,竟被直接赶了出来。

虽然心中愤恨,张于旦却也毫无办法,只好回到客栈,再慢慢打听卢家小姐的消息。

这一天,卢小姐一早便认真梳洗,等待张于旦的到来。等到中午,不见人来。母亲让她吃饭,卢小姐满心期待,根本没有食欲。此时张于旦已经被赶走。卢小姐又等到日暮时分,仍然思念满怀,根本不承想张于旦会失约。一直等到夜里,卢小姐终于隐约感到了绝望。

子时的更声响起,两行清泪从卢小姐的脸上流下。

她的母亲说:"别哭啦,吃点东西吧?你那个什么张郎,估计已经老死了。就算他在世,也肯定忘了你们的誓约,所以才没来。你又何必这样呢?"

卢小姐只是哭,也不吃饭,也不回答母亲。

第二天卢小姐仍是这样。卢尚书担心女儿,便找来看门人询问。让他讶异的是,原来昨日真有一个名叫张于旦的人登门。

卢尚书和妻子商量:"要不先去看看这个张于旦怎么样?"他的妻子也担心女儿,就答应下来。

卢尚书安排下人去打听张于旦。不久,下人回来说,张于旦一早就去城郊散心了。于是卢尚书换了便服,让那个下人带他也去城郊。

半个时辰后,卢尚书见到了张于旦。让他惊讶的是,张于旦竟然是一个十五六岁的少年。他走上前,假称自己姓刘,和张于旦攀谈起来。

张于旦也正想认识一些保定的当地人，好打听消息。两人便席地而坐，闲聊起来。一聊之下，卢尚书再次觉得惊讶。张于旦明明看起来是个少年，谈吐却极为老成，而且学识渊博、见解不凡。

卢尚书很高兴，心想若真有个这样的女婿，似乎也很不错。于是他就邀请张于旦去家里做客。

张于旦欣然应允，和卢尚书同乘马车，回到了城中。马车停在卢府门前，张于旦心中讶异，便问卢尚书："刘公，可是认识卢府的尚书大人？"

卢尚书却未回答，嘱咐张于旦先坐一会儿，便匆匆进了后堂。

卢小姐已经哭了一天一夜，水米未进，卧床不起。卢尚书急匆匆地赶到女儿的闺房，说："女儿，我给你把张于旦找来了。"

卢小姐一听，竟浑身有了力气，奋力起身，跑到了前厅。然而一掀开帘子，她看到的却是一个十五六岁的少年，哪里是她所认识的张于旦？卢小姐愤愤地摔下帘子，回到后堂质问父亲："爹爹为何要骗我？"

卢尚书不解："他就是张于旦。我派人到处打听，保定只有这么一个张于旦，前几日从山东来的。和你说的一样啊？"

卢小姐却再也听不进去父亲的话，只是哭泣。

卢尚书懊恼至极，以为张于旦是个骗子，便来到前堂，三言两语就将张于旦赶走。待张于旦离开，他却不觉得出了气，反而心中越发烦闷。

卢小姐却已彻底绝望，接连哭了几日，竟然一命呜呼。

张于旦住在客栈里，虽然每天都出去打探消息、结交朋友，却始终没有找到办法拜访卢尚书。打听到的，也无非是卢家小姐如何貌美聪慧。他每天都去郊外，想要再遇到那位刘公，希望通过他找到卢尚书，却再未遇到过。

这一夜，张于旦睡前便觉得心中莫名地慌乱。好不容易挨到半夜才睡去。梦中，他回到了萧丘寺。朝思暮想的卢小姐，如当年一般出现在了僧舍中。

卢小姐说："相公，真的是你吗？"

张于旦突然泪如雨下。他颤抖着双手，捧起卢小姐的双颊，说："是我，我来找你了。"

"你怎么变得如此年轻，难道你也已经转世？"

张于旦解释道："十五年来我日日诵经，菩萨大发慈悲，乞求上天为我宽延了寿数。"

卢小姐抽噎不止："怪我有眼无珠，相公就在我面前，我却因为相貌没有认出你。"

张于旦笑着说："我们不是已经重聚了吗？"

卢小姐摇摇头："妾身如今已是亡魂。相公速速去我家，告诉我父母，让他们到土地祠前招我魂来。这是最后的机会，等天亮了就来不及了。"

话毕，张于旦从梦中惊醒。更声传来，已是四更三刻，他立刻穿衣出门，赶往卢家。果见卢府素车白马，正办丧事。看门人还想拦住张于旦，被一把推开。

灵堂之前，卢尚书正为女儿守灵。他本就心中哀恸，听到外面一阵吵闹声，突然心头火起。未待去问究竟是什么事，一个年轻人已经跪在眼前，正是张于旦。

张于旦痛哭着重重磕头，一边磕一边说："卢大人，小姐刚刚托梦给我，她去世不久，天亮之前去土地祠招魂，还能救回来。错过了就再没有机会了。我们两人相爱两世，求您成全啊！"

话音未落，张于旦已磕得额头渗血。卢尚书本已对女儿两世之约的话相信了大半，此时想起张于旦高谈阔论的样子，更生好感。他犹豫片刻，问道："如何招魂？"

"大人和夫人去土地祠前，诚心向土地爷祈求就是。"

卢尚书答应下来，起身将夫人叫醒，三言两语就解释了事由。卢夫人还有些不信，但见卢大人神情认真，也只好答应。

两位老人搀扶着，就在院子里的土地祠前跪下，诚心祈求土地爷，带女儿亡魂回来。

张于旦掀开卢小姐尸身上的被子，握住她的手轻轻呼唤："娘子，我来了，我来找你了……"

打更声响了起来，一慢四快："咚、咚咚咚咚！"

已经五更了，鸡鸣声远远传来，东方的天空已有了一丝亮光。

张于旦看卢小姐毫无反应，心中焦急。眼看天色越来越亮，绝望中，他拿出道济送他的佛珠，戴在卢小姐的手腕上，开始念诵佛经。

琅琅经声中，卢小姐的喉咙中突然咯咯地响了起来。顷刻，只见她突然开口，咳出几块冰来。之后，她的身体竟开始温热，胸口也渐渐有了起伏。

卢尚书夫妇赶进灵堂，看到女儿真的死而复生，不禁老泪横流。几人把卢小姐扶到榻上躺下。卢尚书不知该怎么谢张于旦，张于旦却说："请卢大人恩准我和令千金的婚事。"

卢尚书当即答应下来，叫下人把葬礼的一干布置全部收拾后扔掉，再布置酒席招待前来参加葬礼的宾客。客人们听说卢家小姐死而复生的事，都啧啧称奇。

卢夫人派人去山东打听了张于旦的家世，得知他有两个儿子都是大官后，高高兴兴地告诉了卢尚书。两人为女儿和张于旦选定良辰吉日，就在保定成了婚。

张于旦和卢小姐终成眷属。两人在保定住了半个月，便回到了招远。张明和张政看父亲回家，都非常高兴，对继母也尊敬有加。

自此之后，张于旦夫妇仿佛回到了十五年前的萧丘寺一般，举案齐眉、相敬如宾。他们外出的时候，经常引得路人驻足观看。不知道的，都以为他们是张家的儿子、儿媳。

后来，卢尚书去世。他的儿子被人陷害中伤，家财散尽。张于旦的两个儿子把卢尚书的幼子救下来，接到山东抚养长大。直到这个孩子长大，张于旦和卢小姐看起来仍然如十五六岁一般。

小谢

陕西渭南县有一个姜部郎。他致仕回乡后,住进了祖宅。可住进去没多久,却发现宅子闹鬼。一到深夜,宅中便响起女子或哭或笑的声音。下人们也总说,在哪儿哪儿哪儿看到了女鬼。甚至有一个下人遇鬼之后,像丢了魂一般,变成了不会说话的傻子。

姜部郎只好搬出祖宅,另购一座宅子居住。祖宅只留下一个仆人看门。可那仆人独自住在祖宅几日后,竟然暴毙。报了官后,仵作也查不出死因。姜部郎没办法,又换了几个仆人看门,他们也都莫名地丢了性命。此后,姜部郎便将祖宅弃置。姜家祖宅闹鬼的事也传了出去,远近闻名。

渭南县陶何乡,有个书生叫陶望三。陶望三才华出众,相貌英俊。他喜欢狎妓饮酒,却又从不和妓女发生关系。酒宴一结束,便让妓女离开。他的朋友曾测试他,故意让妓女晚上去他家。陶望三坦然地让妓女进来,却整夜都以礼相待,并无冒犯。朋友们知道后,都觉得他是个怪人。

陶望三也曾寄住在姜部郎家中。晚上,有一个丫鬟仰慕陶望三,夜里去找他求欢。陶望三严词拒绝。姜部郎知道这件事后,更加看重陶望三的人品、才学。

陶望三家境贫寒,妻子又早早去世,他独自住在几间破茅屋里。

这年夏天，天气热得有些异常。陶望三每天汗流浃背，以致身上都起了痱子，根本无法安心读书。无奈之下，他找到姜部郎，提出想借住姜家废弃的祖宅来读书。

姜部郎告诉他，祖宅闹鬼，已经有好几个人丢了命。如果陶望三需要一个清静的地方，大可以住在他家。

陶望三不想叨扰姜部郎，一时书生意气，回家便写了一篇《续无鬼论》，献给姜部郎。

《无鬼论》乃是晋人阮瞻的文章，其中多有不信鬼神之语。陶望三的文章同样以此立意，洋洋洒洒万言，驳斥鬼神之论。

姜部郎问陶望三："你当真要借住我家祖宅？"

陶望三说："自然。"

姜部郎又问："你不怕有鬼？"

陶望三答："且不说我不信世上有鬼，就算真有鬼，又能拿我怎么样？"

姜部郎看他如此坚决，只好答应了。

得到姜部郎的同意后，陶望三当天便搬进了姜家祖宅。他一介书生，本来就一贫如洗，要搬的东西无非就几筐书、一些衣物、一点柴米而已。

宅子前后三进，占了两亩多地。陶望三先收拾干净卧房，又去打扫前厅。前厅里有穿堂风，非常凉快，他打算把这里当作书房。

等全部打扫干净，天已经黑了下来。陶望三做饭吃罢，打算把书拿到前厅，趁着天已凉爽读一会儿。陶望三一手拿着烛台，一手挡风，进了后院。本就是空宅，他便挑了宽敞的正房居住。陶望三推门进去，放下烛台，走到床边，突然愣住了。

白天他明明把书堆放在床边，最上边是一卷《传习录》。他休息的时候还随手翻阅过。可现如今，床边空空如也。

陶望三想到姜部郎的话，心中惊奇："难道世上真的有鬼？"

左思右想，陶望三决定还是先看看鬼到底是什么样子。思虑既定，他便躺在床上，假装睡着。过了大约一顿饭的工夫，他听到一阵脚步声。斜眼偷偷看去，只见两个女孩走了进来。两人一个二十多岁，一个十七八岁，容貌都非常美丽。

那个年龄大一点的女孩手里拿着陶望三的书。她把书放在书匣上，走到床前，弯腰看陶望三。陶望三假装睡觉。女孩便伸出一只脚，踩在陶望三的肚子上。另一个女孩捂着嘴，哧哧地笑。

陶望三感觉到女孩的脚非常柔软，胸中一股欲火猛地升腾而起。他心里一惊，赶紧收束心神，默默告诉自己那是女鬼，不能有欲念。

女孩看陶望三没反应，又去揪他的胡子。陶望三有点儿害怕，但仍然装作熟睡的样子。女孩突然伸出另一只手，轻轻在他脸上打了两个耳光。那个年轻一些的女孩看到这里，笑得更厉害了。

陶望三自觉受辱，愤然起身骂道："两个小鬼，安敢如此无礼！"

两个女孩被他吓了一跳，惊叫着逃走了。

陶望三收起书，想回家去住。但再一想，自己搬进姜家祖宅的事已经尽人皆知，半夜偷跑回去岂不是让人笑话？于是陶望三干脆挑亮灯火，夜读起来。

黑暗中，窗外鬼影幢幢。他也只当没看见。直到寅时，他实在困得不行，才闩上门亮着灯睡下。刚睡一会儿，陶望三觉得鼻孔痒得厉害，忍不住打个喷嚏，醒了过来。门外的黑暗中，隐约传来女子的笑声。

陶望三朝外面叫喊了两句，没有回应，再次躺下，假装睡着。不久那女孩又来了，她手中拿着纸条捻成的细绳，脚步如仙鹤一般，

064　小倩

偷偷走到床边,捅陶望三的耳朵。陶望三猛地坐起来,伸手去抓,却抓了个空。女孩身姿轻盈,像一片羽毛一般,躲开他从门缝飘了出去。

陶望三烦躁不已,只好闷头睡觉。整整一夜,那两个女孩都如蚊虫一般,不是挠他的鼻子,就是捅他的耳朵。陶望三一刻也没能睡着。直到雄鸡报晓,天色亮起,两个女鬼才不再来。陶望三终于沉沉地睡去。

昨日搬家打扫,陶望三忙碌了整整一天,再加上一夜未睡,他早已困乏至极。一觉醒来,已是傍晚。陶望三才把房间收拾完,天已经彻底黑了下来。再过半刻时间,那两个女鬼又嬉笑着出现了。

陶望三有些怄气,索性不理她们,打算通宵读书,跟女鬼耗到底。不管两个女鬼如何闹腾,他都当作没听见,专心读书。

可刚读一会儿,一股醉人的香味扑鼻而来。陶望三听到女鬼问:"你读的是什么?"

抬起头,那个年长些的女鬼就趴在他的书桌旁,正瞪大眼睛看着他。陶望三不理她,强迫自己把注意力放在书上。那女鬼就伸手捂住书不让他看。陶望三去推女鬼,她又如昨夜一般,飘然躲开。隔一会儿,待他想读书时,女鬼就又来捂书。

陶望三气急,抓起书举起来看。不想眼前一黑,那个年轻些的女鬼竟从后面蒙住了他的眼睛。陶望三挣扎着站起来,那女鬼也飘走了。远远地站在一旁,看看陶望三笑。

陶望三气呼呼地指着她们骂:"两个小鬼,让我抓住,把你们打得魂飞魄散!"

两个女鬼毫不惧怕,仍然笑闹着,绕着他飘来飘去。

陶望三又说:"我可不是那些浮浪子弟,一被女色诱惑便不知好歹,莫名其妙地丢了性命。你们纠缠我根本没用!"

两个女鬼听到这句话,年长的顽皮一笑,冲年幼的使了个眼色,不再飘浮,而是开门走了出去。

陶望三好奇,就拿起烛台跟在两个女鬼后面。一人两鬼走过荒草萋萋的花园,绕过角门,竟然进了厨房。

两个女鬼一个劈柴,一个淘米,开始做饭。陶望三看得大乐:"你们干点儿这些事,不比瞎闹好多了吗?"

说完他就回去读书了。过了没多久,两个女鬼就端着清粥小菜过来,放在了他的面前。陶望三问她俩:"你们对我这么好,我都有点儿感动了。该怎么谢谢你们呢?"

年长的女鬼笑着说:"不用谢,里面掺了砒霜。"

陶望三哈哈大笑,拿起筷子就吃了起来。两个女鬼就坐在旁边,双手撑着下巴看他吃饭。

陶望三早就饿了,狼吞虎咽地吃完,还打了个嗝儿。

年幼一点的女鬼说:"再过一个时辰你也要变成鬼啦。"

陶望三却把碗递到她面前,说:"再来一碗。"

女鬼嘻嘻一笑,接过碗,又盛了一碗粥来。陶望三也不担心,接过来几大口便送进了肚子。

年幼的女鬼好奇道:"哇,你这个人真的不怕啊?"

陶望三说:"我跟你们无冤无仇的,你们没必要害我啊。还有没有?"

"有的有的。"女鬼说着又给他盛了一碗。

自此之后,陶望三和两个女鬼开始和平相处。两个女鬼经常帮他做饭、跑腿,陶望三则读书给她们听。

日子久了,陶望三也知道了她们的名字。年长的叫作乔秋容,年幼的叫作阮小谢。陶望三又问她们是哪里人氏,为何魂魄留在姜家老宅里不肯离去?

秋容笑着调侃陶望三:"问那么多做什么,你是要娶我们吗?连身子都不敢给我们看看,就会嘴上占便宜。有本事你把衣服脱了。"

陶望三一本正经地回答:"面对两位绝色佳人,难道我心里当真不动情吗?只是我毕竟是生人,若被阴气袭体,必死无疑。你们要是不乐意跟我住一块儿,可以离开;如果想要继续住在这儿,安心住就是了。再说,如果你们对我没有情意,难道我要为欲念而玷污你们?如果你们对我有情意,又何必害了我的性命?"

秋容和小谢对视一眼,深受震动。她们住在姜家祖宅里不知多少年了,还从未见过像陶望三这样的人。

自此以后,她们俩便不再过分地戏弄陶望三了。见面时甚至还会施礼,俨然陶望三的妻妾一般。只是小谢天生性格调皮,加之有些懵懂,有时趁陶望三不注意,就去拽下他的裤子,看他出丑。但荒宅中除了她俩和陶望三,根本没有外人能看到。陶望三也就不以为意。

有一次,陶望三抄书抄到一半,有事出去了。回来时看到小谢正帮他抄书。看到陶望三回来,小谢像被人发现做坏事一样,赶紧丢下笔,吐吐舌头,躲到了一边去。

陶望三走到书桌旁,看小谢写的字,虽然下笔毫无章法,但也横竖成行,显然非常认真。陶望三称赞小谢说:"写得不错。你喜欢写字吗?"

小谢点点头。

陶望三就说:"那我来教你,以后你帮我抄书吧。"

小谢又点点头,走到书桌旁。陶望三便开始教她如何拿笔、用笔小谢不知不觉便坐在了陶望三怀里。她的身体像羽毛一样轻，像棉花一样软。陶望三抱着小谢，几乎感觉不到重量。

恰好此时秋容从外面进来，一看到两人的亲密举动，脸色立刻就冷了下来。

小谢没发现秋容，一边认真地学习，一边小声嘀咕说："我小时候跟着父亲学过几天写字。自从死了以后，我已经好久好久没碰过笔，没写过字了……简直像做梦一样。"

陶望三却早就看到了秋容，他假装没发现秋容不开心，放下小谢，拿起一支笔递给秋容说："我看看你会不会写字？"

秋容接过笔，伏案书写起来。陶望三假装无意，伸手揽住秋容的细腰，凑到一旁看她写字。秋容似乎根本没学过，写的连小谢都不如。但陶望三还是夸她："秋容真是好笔力！"秋容的神情这才舒缓下来，隐约还有一丝开心。

陶望三取了两张纸，折了几下再展开，纸上便有了折出的格子。他在格子上认真地写了几个范字，让秋容和小谢临摹。两女很听话，乖乖地写起了字。陶望三则坐在另一盏灯下，安心读书。他心中暗暗高兴，大家各有事做，互不搅扰，恍惚真如一家人一般。

不一会儿，两女的字都写好了，拿给陶望三看。陶望三给她们做点评。秋容和小谢便像学生一样，乖乖地站在一旁听他讲授。

讲完，小谢说："以后就叫你陶老师吧？"

陶望三大乐，但也只以为小谢是天真之语。

这一天后，秋容和小谢真的就如学生一般，每天在陶望三的教导下读书、写字。学习之外，还帮他做好里里外外的家务，端茶倒水之类的事更是不在话下。

陶望三却发现，秋容和小谢的关系变得微妙了起来。小谢比秋容聪明一些，花了一个多月的时间，字便写得非常端正了。一次他又夸小谢写得好，一回头却见秋容满面惭愧地低下了头。不一会儿甚至哭了起来。陶望三百般安慰，又是夸奖又是许诺以后多教她，她才渐渐不哭了。可虽然不哭了，秋容却突然说："那你教我的不能再教小谢。"

陶望三一愣，但看着秋容认真的表情，只好先答应下来。更巧的是，不久之后，小谢便以同样的话要求他。陶望三也不知道是不是小谢听见了他和秋容的对话，只好也答应了。

可答应归答应，陶望三在教导她们的问题上，仍然一视同仁。两女都很聪明，进步飞快。

后来，小谢还把她的弟弟三郎也介绍来，给陶望三当学生。三郎看起来十五六岁，长得眉清目秀。他带了一个金如意给陶望三当拜师礼。陶望三也尽心尽力地做好一位老师的本分，倾囊相授。

就这样，陶望三在姜家老宅里竟办起了一所"鬼学"。有过路的人晚上经过，总是听到鬼宅里传出咿咿呀呀的读书声，便当作奇闻怪事，讲给朋友听。姜部郎也听说了此事，便来拜访陶望三。陶望三如实相告。姜部郎听了很高兴，连称陶望三真是奇人，教鬼读书更是功德。此后他便每月派人送来柴米，好让陶望三安心读书、教书。

转眼到了秋闱之期，陶望三嘱咐三个弟子看家，自己则准备去赶考。秋容和小谢都很难过，三郎却说："先生，这次赶考有凶险的征兆，请您再等几年吧。"

陶望三问他："什么凶险？"

三郎摇头："不知。"

陶望三又问："我苦读多年，就是为了有朝一日能金榜题名。

这如何等得?"

三郎突然跪下磕头,乞求道:"先生假托生病即可,此次不能去啊。"

陶望三大笑着扶起三郎,说:"什么凶险不凶险的。堂堂男子汉,岂能被未知之事吓退?"

陶望三不知道的是,确实有人正密谋害他。只因他向来嫉恶如仇,曾经写诗讥讽时政,所以那些被他讽刺的达官显贵早想要收拾他了。陶望三刚上路,便有人买通了学政,污蔑他品行不端。走到河南府,他就被莫名其妙地抓起来关进了县狱。

陶望三随身带的盘缠被狱卒搜刮走,身无分文。狱卒还故意克扣他的牢饭,让他吃不饱。不知不觉过去几个月,科举早已结束,他也在监狱里被折磨得形容枯槁。

牢房里暗无天日,陶望三也忘记了日子过去多久,只觉得心中已渐渐绝望时,却见有人飘进了牢房。仔细一看,竟是秋容。

秋容憔悴了许多,一看到陶望三就开始哭。一边哭,一边拿出饭来给陶望三吃。陶望三心中感动,轻轻为秋容拭去眼泪,说:"我没事。"

秋容忍着哽咽说:"你赶紧吃。"

陶望三便狼吞虎咽起来,比当初秋容第一次给他做饭时吃得还要快。

秋容说:"三郎当初忧虑你出行有凶险,如今看来果然如此。只恨我当初没有尽力拦着你。"

陶望三咽下一口饭说:"这怎么能怪你?都是我一意孤行的结果。你别难过,大不了一死,我做了鬼就能娶你们了。"

"说什么呢!"秋容嗔道,"都落得这副模样了,嘴上还不老实。"

陶望三嘿嘿一笑:"反正都要死了,老实不老实也没什么区别。"

秋容正色道:"你不会死的。三郎和我一起来了。明天他会去巡抚衙门为你申冤。"

陶望三已经吃完了,正想鬼如何申冤时,秋容已经收拾好餐具,飘出了牢房。陶望三看向其他人,神情并无异常,似乎只有他能看见秋容。

第二天,秋容又来了。她放下吃的,急急交代了几句便再次离开。原来今天河南巡抚出行,三郎果然突然出现,拦路喊冤,被几名捕役带走了。秋容说她去打探消息,却一连三天都没有再来。

陶望三担心秋容和三郎的安危,每天忧虑重重,度日如年。

这一天,又有一人飘进牢房,却是小谢。陶望三非常惊喜,但仔细一看,小谢却满面愁容。她说:"秋容回家时,经过城隍庙。庙里的黑判官把她抢走了,逼她做妾。秋容宁死不屈,被关了起来。现在也不知道情况如何。三郎在巡抚衙门的牢里关着。我一路奔波,脚被路上的荆棘扎伤,恐怕短时间内也无法再来了。"

小谢一边说,一边嘤嘤嘤地哭了起来。

陶望三抓起小谢的脚,只见一片血肉模糊,鞋袜都被染红了。陶望三心疼极了,连说:"你不用管我,先去救他们吧!"

小谢摇摇头:"我一个普通的小鬼,怎敢去找判官?只希望三郎那里能有转机。"

小谢说着,拿出三两银子递给陶望三:"先生莫要着急,三郎一定会救你出来的。往后好自珍重,我在家等你。"

说完,小谢一瘸一拐地出了牢房,她似乎连飘起来的力气都没有了。

一天,巡抚衙门里,巡抚恰好想起三郎喊冤的事,便把他提出

小 谢　　　　　　　　　　　　　　　　　　　　　071

来审问。三郎早已写好状子，递了上去。

巡抚问他："你与陶望三是什么关系？"

三郎却不说话，只是看着状子。巡抚大人见他不回答问题，便让衙役打他板子。没想到三郎突然扑倒在地上，消失了。

巡抚觉得奇怪，看看状子，言辞情真意切，不似假话。状子还附上了陶望三针砭时弊的诗词。巡抚一看便觉得陶望三是个有才学、有气节的读书人。他让人把陶望三带上来，问陶望三："你可认识阮三郎？"

陶望三想到三郎可能还被关着，就说不认识。

巡抚更加奇怪了。又问了些陶望三如何被抓之类的问题，更发现疑点重重。他让陶望三当堂背诵诗作，也一字不差。于是巡抚觉得，是神灵看陶望三有才，为他叫屈，便当场放了陶望三。

陶望三独自回到了姜家祖宅里。宅院又恢复了他来之前的荒芜样子，到处都是杂草灰尘。陶望三只觉心中凄凉，便动手打扫起宅子。他想着，等她们回来，能看到家里干干净净的样子。可越打扫，陶望三越觉得时间过得太慢。曾经不知不觉便是一天，现在一日却仿佛一年。

因为他想要赶紧天黑，见到小谢和秋容。

天黑了，陶望三在荒废的宅子里到处跑，却哪里都找不到她们的身影。最终因为劳累，他昏倒在了地上。

等他醒来，东方的天空已经有了一抹亮色。有人用草叶戳他的鼻孔。陶望三打了个喷嚏坐起来，发现身边蹲着小谢。

小谢憔悴了许多。

陶望三问："秋容和三郎呢？我去救他们。"

小谢说："三郎在巡抚衙门递状子时，被管衙门的神灵发现，押到了阴曹地府。所幸阎王爷看他义气,让他投生去了富贵人家。秋容她……"

陶望三着急道:"秋容怎么了?"

"秋容还被黑判官关着。我写了状子递给了城隍老爷,所以现在才回来。可是听别的鬼说,城隍老爷把状子压下来了。我实在不知道该怎么办了……"

小谢说着又哭了起来。陶望三心疼地把她拥在怀里,愤然道:"老黑鬼怎么敢如此目无法纪!明天我去城隍庙,砸烂他的泥像。城隍老爷若有知,我来写状子问他,为何下属如此蛮横?他坐在城隍的位置上,难道每天都在醉生梦死不成!"

一番话慷慨激昂,让小谢终于放心了一些。天蒙蒙亮时,小谢说她该走了。让陶望三无论做什么,千万小心。

就在此时,秋容竟然回来了。陶望三和小谢惊喜交加。不过天马上要亮,秋容只来得及叮嘱陶望三不要轻举妄动,便飘然消失了。

次日夜里,秋容才出现。一进门,她就哭着埋怨陶望三:"当初不听三郎的话,让我们为你受尽了苦。"

陶望三赶紧道歉,又问她是怎么回来的?

秋容说:"昨夜判官突然跟我说,他没有别的心思,只是因为太过喜欢我而已。既然我不愿意和他成亲,他也不会勉强。还让我转告陶秋曹陶大人,不要怪罪他。"

陶望三问:"陶秋曹是谁?"

小谢道:"就是你呀。神官能知晓未来,这是说你以后要去刑部当官了。"

陶望三这才明白过来。劫后余生,一人两鬼都有一种恍若隔世的感觉。陶望三看着两女的绝色姿容,突然心中一动,惊觉自己竟已对她们有了很深的感情。

陶望三突然说:"我娶你们吧。"

说着陶望三把二女揽进怀中。秋容和小谢的脸上都浮现出喜色。陶望三低头想吻秋容,秋容却说:"相公,我们先前受到你的开导,才懂得一些道理,怎么忍心因为爱你而害死你呢?我俩自然愿意嫁给你,终生侍奉你。但我们不能有夫妻之实。"

陶望三笑笑,并不回答。他刚才偷偷瞄了小谢一眼,发现二女以前的嫉妒心思彻底消失了。他心中一阵轻松,抱着两女耳鬓厮磨,内心无比幸福。

这一天,陶望三走在路上。一个道士迎面走来,远远地就一直盯着陶望三看。走到跟前,道士突然拉住陶望三说:"这位先生,你身有鬼气。可是最近遇到什么怪事了?"

陶望三大惊,再看这名道士,长相方正,不像是坏人。而且他能看出自己和鬼有关系,想必身负绝学,不是骗人的江湖术士。

陶望三问他:"道长可是看出什么了?"

道士回答:"你若愿意告诉我些什么,但说便是。若不想说,我也不勉强。人各有命。"

陶望三又问:"请问道长仙居何处?"

"我是玉泉观的道士。"

相传玉泉观乃是陈抟祖师隐居修道的福地,天下闻名。道观就在华山北麓,离渭南城不过几十里地。陶望三作为渭南人,当然知道这些。一听道士来自玉泉观,心中便有了底。

陶望三认真地施了一礼,然后就把自己和秋容、小谢认识至今的事情都告诉了道士。

道士听完一阵感慨,对陶望三说:"若真如你所说,她们俩都是难得的好鬼。你可不要辜负了她们。"

"那是自然。"

道士说完，取出朱笔、黄纸，写了两道符折起来，递给陶望三说："回去交给她们。三天后，若是听到有人哭丧，便吞下去往门外跑。谁先跑出去，谁就能复生。其他的，就看她们的造化了。"

陶望三知道自己遇到了大机缘，收下符，拜谢不止。

回到家后，陶望三把符给了秋容和小谢，又把遇到道士的事告诉了她们。两女不禁啧啧称奇。

三天后，天刚黑，门外果然传来了哭丧声。秋容和小谢一听到哭声，连忙往门外跑。小谢跑得快一些，可出了门才突然想起符还在手里，忘了吞下去。而秋容刚听到哭丧声就吞了符，一出门便消失了。

小谢这才恍然，哭着又回到了宅子里。

陶望三小跑着出了门，见门外的队伍已经停了下来。队伍里有一对年老的夫妇，陶望三认识。那是渭南有名的大户人家，姓郝。

陶望三也是名士。他在姜家祖宅开"鬼学"的事更是尽人皆知。

出殡的队伍停在原地，看到陶望三出来，便有人上前问道："陶先生，刚刚有一个女子从宅里跑出来，突然就消失了。那是您的学生吗？"

陶望三正想回答，突然一阵异响吸引了所有人的注意力。仔细听，竟然是从棺材里发出来的。抬棺的几个人被吓了一跳，一松手，棺材重重地落在地上。与此同时，棺材再次响了起来，居然是女子痛呼的声音。

郝氏看棺材落在地上，刚想怒骂，却也听见了痛呼声。

陶望三连忙说："开棺！"

郝氏夫妇明白过来，女儿可能复活了。于是赶紧让人开棺。果不其然，棺材里躺着的女儿，面色红润，竟真的有了呼吸。

众人七手八脚地把郝家女儿抬了出来。路上没地方放，便抬进了姜家祖宅，放在了前厅陶望三读书的榻上。

过了一会儿，郝家女儿悠悠转醒。郝氏惊喜交加，哭着喊她："女儿、女儿！"

郝家女儿看清身边的人后，却回答她说："我不是你的女儿。"又深情地看了一眼陶望三，叫道，"陶郎。"

众人都不明白发生了什么事。陶望三心中觉得有些惭愧，但还是将前后事情一一说了出来。出殡的人们都觉得离奇，但想到是玉泉观的仙长促成此事，便又认为是天意了。

只有郝氏仍不相信，拉着女儿的手，哭着说："女儿啊，跟娘回家吧！"

郝家女儿不肯，抽回手说："我叫秋容。你女儿已经死了。"

郝氏哭得更厉害了。

陶望三觉得秋容的话太残忍，暗暗给她递了一个眼神。秋容立刻会意，又说："娘你别哭，你看，这座宅子是我的家。这是你的女婿，我能复活，多亏了他。"

郝氏泪眼模糊，听到这话擦了擦眼泪，打量了一会儿陶望三，突然想起来这就是那个给鬼教书的先生。再仔细想想，女儿是他救活的？郝氏终于不哭了，拉着女儿和陶望三站在一起，左看右看，突然笑了起来。

待众人都离开后，陶望三才来得及细细地端详爱人。秋容复活后，已不是原来的长相，但美貌依稀如往日一般。两人独处之下，突然动情，紧紧拥抱在了一起。

就在这时，一阵哭声传来。循声看去，小谢正缩在墙角哭泣。

陶望三心疼极了，拿着蜡烛走过去，安慰道："小谢不要哭，我们还和以前一样啊。"

"哪里一样？"

"我们还是三个人住在一起啊，没有人会来打扰我们。"

"可是……可是你和秋容都能做夫妻了，我却不行。"

说到这里，小谢哭得更厉害了。无论陶望三和秋容怎么安慰，都没有用。小谢一直哭到衣袖都湿透了，天色大亮时才离开。

两人累了一夜，才想休息，不想又有人登门。原来，竟是郝家派人送来了嫁妆。陶望三连忙又备好礼物，和秋容一起去拜访岳丈。

郝家小姐复活的事已经传遍了渭南城。他们走在街上，许多人围着他们看。

日暮时分，两人回到了家。小谢的哭声又响了起来。一连七个夜晚，小谢夜夜都凄凄惨惨地哭一整夜。两人都很心疼，却也拿小谢没办法。

第八天早上，秋容对陶望三说："我承蒙玉泉观的仙人帮助，才得以复生。要不你再去一趟玉泉观，求求道长，看有没有办法救救小谢。"

陶望三觉得有道理，当日便租了马车赶往华山。进了道观，发现那位道长就在山门前等他。陶望三上前行礼，道长却说："我早上就算到你要来，因此在这里等你。"

陶望三惊喜道："道长慈悲，请再帮我一次！"

道长说："阴阳有隔，复生之术有违天和。况且我也只是一介凡人，与你有缘才出手相助而已。你应当懂得满足。"

陶望三跪下重重地磕了个头："道长慈悲！"

道长说："实在是回天乏术，请回吧！"

陶望三继续磕头。额头撞在石板上砰砰地响。

道长无奈地叹气："痴儿，这又是何苦。"

说完道长便进了道观。

陶望三却继续跪在那里磕头，磕得额头渗血，磕到天黑，磕了不知道多久，终于一头栽倒，昏了过去。

陶望三醒来时，发现那位道长正站在一边，低头看着自己。他连忙爬起来跪下，继续磕头。

道长说："也罢，与你有缘，让我费去十年修行的功夫。走吧！"

陶望三大喜，立刻便乘马车往渭南赶。两个时辰后，他和道长一起来到了姜家祖宅门口。秋容为他开门，俨然已是主妇模样。

道长说："给我找一间安静的厢房。我叫你们之前，不要来找我。"

陶望三立刻准备好了。那道长进去后，关上门开始打坐。陶望三和秋容害怕不能听见道长的呼唤，十二个时辰不停歇地轮流守在门口。

奇怪的是，这一守就守了十多天。道长连吃喝都没有要过。好奇之下，陶望三偷偷从窗户缝里瞅了一眼。只见那道长席地而坐，双目紧闭，就仿佛打坐时睡着了一样。如果不是亲自送道长进去，又守候了这么多天，陶望三简直不敢相信有这样的奇事。

一天黎明，陶望三守在厢房外正昏昏欲睡，突然吱呀一声，厢房的门开了。陶望三被开门声惊醒。抬眼看去，却是一个少女走了出来。

那名少女明眸皓齿、光彩照人，但神态却一点儿都不像是女孩，倒像是……那位道长。

少女开口说话时，果然是道长的语气："唉，为什么要跟你下山呢？累死贫道了。"

陶望三知道是道长施了法术，赶紧拱手施礼："仙长慈悲！"

"免了免了。出家人不爱看这些俗礼。这段时间，我把方圆百里都跑遍了，这才帮你找到一副好躯壳。为省麻烦，我就直接把她带来了。等你家那个什么小谢出来，我交给她，这事就算了结了。"

陶望三赶紧让秋容去准备素斋。变成少女的道长吃过后，嘱咐陶望三天黑时再叫醒他，便沉沉地睡去了。

到了晚上，小谢来了。陶望三叫醒了"道长"。那道长便向小谢走去。走到跟前，道长也未停步。陶望三和秋容眼看着两人融合成了一人，片刻，身形重叠之处的模糊消失了。小谢突然昏倒在地。

两人赶紧上前，把小谢抱在床上。走近才发现，原来小谢已经变成了那名少女的容貌。而她原本轻如鸿毛的身体，也变得如常人一般重量，只是四肢还很僵硬。

此时，厢房的门被推开，道长脸色苍白地走了出来。陶望三和秋容连忙迎上去，道长却只拱拱手，一句话也不说，径自出了门。

两人还想出门再送送道长，道长却已不见了。

小谢睡到后半夜，才悠悠醒来。陶望三和秋容都守在床边，连忙问她感觉如何。小谢只说，她觉得四肢又麻又疼，好像肌肉血脉都是僵硬的。陶望三和秋容就帮她按摩，到天亮时，小谢的四肢已恢复如常。

从此以后，三人终于成为真正的夫妻。

后来，陶望三果然科举高中，官拜刑部侍郎。秋容、小谢就和他一起在京城生活。

有一个叫蔡子京的人,是陶望三的同榜。有一次他有事来拜访陶望三,恰好小谢从邻居家回来。蔡子京一看到小谢,就愣住了。他连陶望三说什么都听不见,只是盯着小谢看。

小谢只觉得此人轻薄无礼。陶望三也有些生气,正不知如何质问时,蔡子京却说:"陶兄请原谅我的无礼。只是此事太过奇异,让人吃惊。虽然我说出来可能你也无法相信,但我保证,我说的都是真事。"

陶望三被勾起了好奇心,说:"你说吧。"

蔡子京道:"三年前,我的小妹去世。她去世后两夜,尸身突然失踪。守灵的家人都不知道是怎么回事。我到现在还常常想起小妹的样子。刚才见到尊夫人一时失态,是因为尊夫人竟然和我小妹长得一模一样。"

陶望三突然哈哈大笑,调侃道:"我妻子的长相普普通通,怎么比得上令妹呢?"

"不,真的一模一样!我昨夜还梦见她了。"

陶望三收起笑容,说:"你我同榜,情义非凡。既然你说她像你小妹,那让你再见见她也无妨。蔡兄稍等。"

蔡子京正觉得不合适,陶望三已经进了内堂。

陶望三把蔡子京的话告诉了小谢。两人都猜到小谢的躯壳便是蔡子京小妹的。于是陶望三就让小谢换上当时入殓时的衣服出来。

蔡子京一看大惊,继而大哭起来:"难道真是我的小妹?"

陶望三等蔡子京哭完,便把事情的来龙去脉告诉了他。蔡子京高兴地说:"原来妹妹没死,我要赶快回家,告诉二老!"

过了几天,蔡子京一家老小全来了。自此以后,蔡家也如同郝家一样,和陶望三结了亲。蔡家女儿死而复生嫁给陶望三的事,一时传为美谈。当年陶望三在渭南姜家祖宅里办"鬼学"的故事,也渐渐在京城流传开来。

梅女

济南城北,有一座宅子,是远近闻名的凶宅。许多人都说,宅里住着恶鬼。因为这件事,主人想卖掉宅子,却无人敢接手。于是只好把宅子租给外地人居住。而那些外地人见到鬼后,也都急急地逃走了。因此这里的住客经常更换。

封云亭刚来到这座宅子的时候,非常惊喜。他觉得在济南这种地方能租到这么宽敞的房子,实在太幸运了。更何况价格还便宜得出奇。

封云亭是太行人,一年前他的妻子去世了。办完丧事,他无法安心读书,便决定来济南住一段时间,希望借着繁华郡城的人间烟火,排遣一下心中的苦闷。

没想到在济南逛了几天,他的心情并没有变好一点,只觉得所见所闻都很枯燥。于是封云亭不再出门,每天待在住处,能看书就看一会儿,看不进去就闷头睡觉。

这一天,封云亭刚放下书,抬起头猛地看到墙上似乎有一个人影,像是有人在墙上画了一幅画。站起来,他又辨认出,画的是一个苗条少女。

封云亭摇了摇头,还以为是自己在家闷太久产生了幻觉。再凝神看过去,却发现那幅画愈加清晰起来。他已经在这里住了半个多月,何曾见过墙上有什么画?

封云亭走近几步,那幅画更清晰了。墙上的画的确是一个少女。只是少女表情痛苦,舌头从口中伸出老长,几乎垂到胸口。她白皙的脖颈上有一圈血痕,还套着一根绳索。

封云亭被吓了一跳,往后退了两步,差点儿跌倒。刚想往外跑,只见那幅画动了起来,画中的女子似乎要从墙上走下来。封云亭知道这是一个吊死鬼,灵机一动,大声说:"姑娘如果有什么冤屈,尽管说出来。在下一定尽心尽力帮忙。"

画中的女鬼听到这话,果然从画中走了出来。她的面目因为舌头伸在外面,看起来非常恐怖,但她说话时却温柔优雅,只是口音有些含混不清。

"我和公子萍水相逢,不敢以大事麻烦您。只是我的尸骸埋在九泉之下,舌头缩不回去,脖子上的绳索也拿不下来,日日夜夜受苦。公子如果能帮我把这屋梁弄断烧掉,对我便是莫大的恩情了。"

封云亭立刻满口答应。那女鬼千恩万谢,然后走进墙中,消失了。

封云亭这才感觉到,自己出了一身汗。他找来房主,把他见到女鬼的事说了一遍。

房主以为封云亭也像以前的租客一样,很快便会搬走。于是告诉他:"这座宅子十年前是梅家的住宅。有一次梅家抓住一个半夜翻墙进来的小偷,便把他扭送到县衙。小偷怕被惩罚,就贿赂衙门里的典史三百文钱。两人商量,诬陷梅家的女儿和小偷通奸,要把梅家女儿传到公堂上审问。可怜梅家女儿,十几岁的年纪,受不了冤屈就上吊死了。后来梅氏夫妇相继去世,他们的亲人就把房子卖给了我。再后来,就经常有人在附近见到吊死鬼。也做过几次法事,但没什么用。"

梅　女

封云亭又问："这宅子多少钱？"

房主一愣，万万没想到居然有人见鬼之后不想着跑，还想问凶宅的价钱。这座宅子已经无人问津很久，他估摸着开了个价："五十贯。"

封云亭也不傻，直接说："既然是凶宅，除了我应该不会再有人想买了。十贯，我买了！"

房主其实早有卖掉凶宅的意思，只是苦于济南无人愿买。外地人一打听知道是凶宅，就打退堂鼓了。封云亭虽砍了价，但给的价钱也算合适，便卖掉了房子。

封云亭立刻找来工匠动工。借着翻新房屋的理由，把女鬼出没的那间屋子的房梁拆下来砍断烧了。顺便他又把整座宅子收拾了一下，然后大大方方地住了进去。

当夜，梅家女儿果然出现。她的舌头缩回了口中，脖子上的绳索不见了，血痕也已消失。她皮肤白皙、五官精致，恢复正常后竟美得像仙女一样。封云亭看得呆住了。

只见她莲步轻移，走到封云亭面前，欠身道："梅娘多谢公子，大恩大德，无以为报。"

封云亭心情大好，更觉得梅娘楚楚动人，于是得意忘形地调侃道："不用想如何报答。你长得这么漂亮，只要嫁给我做老婆就行了。"

梅娘想了想，认真地说："不是梅娘不想以身相许。只是公子毕竟是生人，而我是个冤死的鬼。我身上阴气过重，与我欢爱会要了公子性命。更何况我生前名声被玷污，若是与公子苟合，以后岂不是西江水都洗不净我的冤屈了？"

封云亭面露尴尬，为自己刚刚的轻薄之语惭愧不已。

梅娘似乎不忍心，又说："你我命中注定有缘，往后总会在一起的,但不是现在。"

封云亭一喜,忙问她:"那是什么时候?"

梅娘却只是笑,并不回答。

封云亭又问:"喝酒吗?"

梅娘说:"不喝。"

一人一鬼沉默了一会儿,封云亭又轻佻起来,唉声叹气地说:"唉,佳人当前,却什么都不能干。就这么大眼瞪小眼,有什么意思?"

梅娘说:"我生前就不太会玩游戏。唯一会的就是双陆棋。但咱们只有两个人,玩双陆棋有点儿没意思,而且也没有棋盘。"

封云亭说:"我明天就买棋盘去。"

梅娘想了一会儿,突然想到什么似的说:"哎,咱们玩翻线吧?"说着她不知从哪儿找来一根红色的线,双手撑开,手指翻飞间,红线在她手中已变成了蝴蝶的样子。她用双手将线递给封云亭,封云亭赧然道:"这是女子闺房里的游戏,我哪里会这些。"

梅娘笑着说:"我教你啊。"

封云亭性格洒脱,加上本来也无事可做,于是将双手伸开,说:"来吧,怎么翻?"

梅娘教他,双手的食指和拇指伸进蝴蝶翅膀处的红线,就像捉住一只大蝴蝶的翅膀一样。然后其他三指穿过图案边缘的线,向内一翻,双手拉直,蝴蝶竟变成了一只精致的妆奁。

封云亭大呼神奇。

梅娘一边接过红线,在手里翻出一座小桥,一边说:"这都是我生前琢磨出来的。"

封云亭伸手想再试试,梅娘便用下巴示意他如何翻。两人你来我往,居然玩得很开心。到天快亮时,封云亭把梅娘翻线的花样全

梅女　　　085

都学会了。

梅娘似乎不知疲倦，仍然兴致勃勃。封云亭已很疲惫，于是趁着翻线的空当，突然抓住了梅娘的双手。

柔荑在握，封云亭一阵心猿意马。他情不自禁地说："这么晚了，歇息吧？"

梅娘也不害羞，笑着说："我们鬼不用睡觉。"

封云亭耍起了无赖："你就陪我睡会儿嘛，我不会越轨的。"

梅娘嗔道："你以为我会相信你呀？"看封云亭有些失落，梅娘又说，"我懂一些按摩术，要不你躺下，我帮你按按吧？"

美人愿意服侍，封云亭顿时喜不自胜，美滋滋地躺下了。

梅娘的双手非常柔软，从封云亭的头开始，先用指腹轻轻地按摩穴位，再用手掌揉他的肌肉，最后双手相叠，一点点地按压他的骨头。

封云亭只觉得梅娘双手所过之处，温热酥麻。梅娘又双手握拳，轻轻地捶打。封云亭闻着幽幽的女儿香，心中的悸动反而渐渐平静了下来。梅娘捶到腰部时，封云亭闭上了眼睛。捶到大腿时，他便睡着了。就连梅娘何时离开都不知道。

一觉醒来，已是晌午。封云亭觉得身轻如燕，仿佛脱胎换骨一般。想来这必定是梅娘按摩的作用。想到此处，他更加思念梅娘，于是绕着屋子，叫喊梅娘的名字。却哪儿都找不着。直找得肚子开始叫唤，他才想起自己大半日没吃过东西了，于是才赶紧去吃饭。

太阳落山后，梅娘出现了。

封云亭一见面就问她："你住在什么地方？我到处找你都找不到。"

梅娘回答他："鬼没有固定的住所，不过大多住在地下。"

封云亭又问："地下有缝隙给你们住吗？"

梅娘说："鬼是看不到地的，就像鱼看不到水。我们住在里面，对我们来说，没有缝隙不缝隙的说法。"

封云亭其实一直没太把梅娘是鬼当回事。直到此时，他才意识到阴阳相隔，人鬼殊途。他握住梅娘的双手，认真地问她："有没有什么办法让你复生？我就算拼上性命也会做到。"

梅娘问他："然后呢？"

封云亭说："然后就算是倾家荡产，我也要明媒正娶，把你娶回家。"

梅娘笑了："娶我用不着你倾家荡产。"

说完，梅娘拿出了红线。两人玩了一会儿翻线，封云亭觉得没意思，又开始夹缠起来。梅娘被他强搂在怀里动手动脚，不忍心拒绝他，又担心他被阴气所伤。于是说："你先忍忍，明天我另找一个人陪你怎么样？"

封云亭好奇道："什么人？"

梅娘说："她叫爱卿，住在我的北边。人很漂亮，你一定喜欢。"

"也是鬼吗？"

"当然是。"

封云亭不解："你不是说人和鬼不能交合，会被阴气索命吗？"

梅娘说："不一样，她是官妓。"

"阴间也有官妓？"

"自然是有的。只要阎王爷准许，对生人便没有害处。"

第二天夜里，梅娘果然带着另一个女子出现了。那女子看起来三十岁上下，顾盼之中眼波流转，风韵犹存。这便是爱卿。

封云亭非常高兴，拿出他买来的双陆棋盘，三人玩起了棋。到了后半夜，梅娘调笑说："时候也不早了，你们俩春宵一刻值千金，我就先回去啦。"

封云亭还想挽留，梅娘已飘然离去。

再看爱卿，烛光下，她的双颊泛起春色，显然已经动情。封云亭本也寂寞许久，当下一人一鬼便宽衣解带，极尽鱼水之欢。

天快亮时，爱卿穿上衣服准备离开。封云亭还有些不舍。爱卿说："郎君要是喜欢我的话，往后只要敲敲北墙，小声呼唤'壶卢子'，我便会来找你。如果叫了三遍我都没出现，那就是我在忙，没有时间。郎君就不用再叫了。"

说完，爱卿钻进北面的屋墙，消失不见了。

封云亭记下，等到晚上就按爱卿说的，敲敲北墙，呼唤："壶卢子、壶卢子、壶卢子。"喊了三遍，没人回应。

梅娘夜里来时，封云亭就问她，怎么按照爱卿教的办法，没叫来她？梅娘说："爱卿是官妓，今天夜里被高公子叫去陪酒了，所以听见也来不了。"

封云亭心中有些怜惜爱卿，但毕竟人鬼殊途，也不好说什么。他和梅娘玩了会儿翻线，却见梅娘闷闷不乐，似乎有心事。有好几次，梅娘都好像要说点什么，最终却没说出口。

封云亭问梅娘："是遇到什么事了吗？"

梅娘轻轻叹气，摇摇头，最终什么都没说。直到四更时分，才飘然离去。

好在这日以后，梅娘再没有这样过。爱卿有时也和梅娘一起来，一人两鬼夜夜玩闹到天亮，嬉笑声都传到街上了。这宅子闹鬼的事尽人皆知，有人夜里听到里面的声音，便以为封云亭每夜都和鬼寻欢作乐。这件事很快传遍了全城，都说以前那宅子里的恶鬼变成了灵鬼，像人一般。

这一日，封云亭正在屋里读书，突然听到门外一阵马蹄声响，接着又是一阵敲门声。他打开门，只见一个穿着衙门公服的虬髯男子，站在门前抱拳道："封先生，我是县衙门的刘典史。冒昧叨扰，有件事想请你帮忙。"

封云亭道："请讲。"

刘典史说："我和妻子顾氏非常恩爱。半年前，她因病去世了。我每日每夜地思念她，想和她再见一面。听说封先生与灵鬼交好，还请介绍一下，让我找到亡妻，再结冥世之缘。"

封云亭不想承认，问他："什么灵鬼不灵鬼的？我不知道，请回吧。"

刘典史连忙说："封先生别急，我没有恶意。您这宅子闹鬼的事济南无人不知，自从您住进去，每天夜里都有人听到饮酒作乐之声。难道不是您和那灵鬼的声音？"

封云亭不愿再纠缠，也不解释，摆摆手说："请回吧！"

不想刘典史竟直接跪在了门口。任凭封云亭如何赶他，都纹丝不动。到了黄昏，封云亭没办法，只好说："鬼的世界也和人间一样，有衙门，也有朋友。我只能答应你，叫一个我认识的鬼妓出来，如果她认识你的亡妻，就委托她帮忙介绍。如果不认识，那我也没办法了。你也别再纠缠。"

刘典史连忙答应，问封云亭："什么时候可以叫灵鬼现身？需要准备什么？"

封云亭回答他："等到天黑，准备些酒菜即可。"

刘典史订了一桌酒席，和封云亭坐下等候。很快天就黑了，封云亭敲了敲北墙，轻声呼唤："壶卢子、壶卢子……"

封云亭本想爱卿如果没来，正好就可以打发刘典史走了。没想到三声还没叫完，爱卿便从墙里钻了出来。

爱卿一出来，抬头便看到了刘典史，脸色霎时大变，转身就要离开。封云亭回头，只见刘典史满脸黑气，抄起桌上的一只大碗就砸向爱卿。大碗砸到爱卿的肩膀，爱卿痛呼一声，钻进北墙不见了。

封云亭心中升起一股怒火，不知道刘典史为何暴起伤人。正想质问他，却见北墙又钻出一个老太太来。

老太太将拐杖一顿，一手指着刘典史大骂："你这个贪婪卑鄙的无耻小贼！我的摇钱树被你砸坏了，你要赔我三十贯钱！"

刘典史也怒气冲冲地说："什么摇钱树！这女子本来就是我的妻子。想我日日夜夜思念她，没想到她做了鬼便不守贞节，竟然跑去做了妓女！"

老太太挥舞起拐杖，当空一杖砸下，那拐杖竟然凭空伸长了几分，正好砸在了刘典史的头上。老太太看起来没什么力气，这一杖竟砸得刘典史摔倒在地，抱头痛呼。

老太太又骂他："你本是浙江的一个无赖，花钱买了一个小官，就鼻孔朝天，以为自己是个人物了？你穿着这身公服，不分是非，不论黑白，不辨善恶。袖子里有三百文钱就是你老子！你做的事天怒人怨，死期眼看就到了。全凭爱卿向阎王爷求情，去青楼卖身替你偿还那些贪心债。你知不知道！"

老太太一边骂一边打，打得刘典史在地上滚来滚去。说也奇怪，刘典史身形高大，但在老太太的拐杖下竟然毫无还手之力。

封云亭正惊诧时，却见梅娘不知什么时候也出来了。梅娘血红的舌头垂到胸前，变得和封云亭第一次见她的时候一模一样。刘典史看见梅娘，哀号着想要逃走，却被老太太一拐杖打翻在地。

梅娘取下发簪，单手一挥，发簪便从刘典史的耳朵里扎了进去。封云亭眼看刘典史性命不保，连忙上去拦住梅娘。梅娘看到封云亭，面貌恢复了正常的状态，但神情中仍然满是愤恨。

封云亭劝梅娘说："此人即使有罪，也应由官府审判。再说，他毕竟是衙门里的人，死在我这里，我也脱不了干系。就当为我着想吧！"

梅娘这才拉住老太太说："奶奶，咱们的事不能连累封郎。就先留他一条狗命吧。"

老太太这才住手，刘典史抱着头仓皇地逃了出去。当夜，刘典史便在衙门中暴毙。据说死时双耳流了很多血。

第二天夜里，封云亭也知道了这件事。梅娘来的时候，满脸笑意，对封云亭说："真是痛快，终于把这口恶气出了！"

封云亭问："你们之间究竟有什么仇怨？"

梅娘说："我生前被人诬陷通奸，含恨而亡。以前常常想求你帮我洗冤昭雪，但是此事对你有害无利，所以经常欲言又止。昨天我正巧听到你屋里的吵闹声，就想出来看一眼。没想到居然遇到了我的仇人。"

"他就是诬陷你的那个人？"

梅娘点点头："他在衙门里当典史已经十八年了，我含冤而死也已经十六年了。"

封云亭安慰梅娘："其实这事不用犹豫，早跟我说才是。我怎么可能不帮你呢？"

"我知道，所以才会觉得求你有愧。"

"那个老太太是谁？"

梅娘说："她是青楼里的鸨婆，对爱卿很好。"

梅　女

封云亭又问:"爱卿怎么样了?"

梅娘回答:"她被砸伤了,不过没事,静养几日就能痊愈。"

封云亭这才安心下来。

梅娘突然笑盈盈地对封云亭说:"你以前说,就算是倾家荡产也要娶我,还算不算数?"

封云亭正色道:"男子汉一言九鼎,当然算数。"

梅娘说:"我曾经说过咱俩往后总会在一起的,那个日子不远啦!"

封云亭大喜:"真的吗?"

梅娘解释道:"其实我死的时候,阎王爷就让我投生到了延安府展孝廉家。只是我有仇未报,怨气难消,所以在世间又飘荡了十多年。如今大仇已报,我也就不用再待在这里了。封郎,你带我走吧!"

"去哪儿?"

"去延安府。你买一块新的红色绸缎,缝一个口袋。我就可以住在里面,跟你一起走。延安府展孝廉家有个女儿,你去提亲,展孝廉就会答应你。"

"我连功名都未考取,延安府那边也没有亲朋。就这么上门,他会答应我吗?"

"放心去吧,不要担心。你在路上千万不要呼唤我,等到和展孝廉家的女儿成婚之时,把装着我魂魄的口袋放在新娘的头上,然后呼唤我'勿忘勿忘'。记住了吗?"

封云亭在心中过了一遍,确保记住了所有细节,这才认真地点了点头。

第二天,他去做了红绸口袋,把房子锁好,租了马车,便出发前往延安府。走了一个多月，到延安府一打听，果然有一个展孝廉，是当地有名的大户人家。展孝廉家有个女儿，据说长得非常漂亮，可惜患了痴傻之症，不会说话，只会伸着舌头傻笑。因而展家千金已经十六岁了，却没有人来提亲。展孝廉夫妇也经常为这个女儿伤神。

封云亭打听到展孝廉家的住址，便登门递上名帖，向展孝廉介绍了自己的家世，之后便找来媒婆上门提亲。展孝廉看封云亭一表人才，也很高兴，当即答应招封云亭为赘婿，不日成婚。

新婚之夜，展孝廉担心女儿不知礼数，便让两个丫鬟扶她先去新房。自己和封云亭留下应付来宾。待到夜里，封云亭进新房时，只见展家女儿自己掀掉了盖头，衣服也解开了大半，却毫不知觉地对自己傻笑。

封云亭记着梅娘的嘱咐，把红绸口袋拿出来，放在展家女儿的头顶。果然她立刻就安静了下来。封云亭呼唤着："勿忘勿忘！"只见展家女儿愣愣地看着封云亭，似乎在思考着什么。过了片刻，她突然开口问道："你是谁啊？"

封云亭很着急，突然想起梅娘和他玩过的翻线游戏，于是从红盖头上扯下一根线，三两下就在手中翻出一只蝴蝶来，递给展家女儿。

她一看见线，便下意识地伸出手，把蝴蝶又翻成妆奁。

封云亭问她："你不记得我了吗？"

展家女儿突然醒悟过来，不敢相信地说："封郎，你带我出来了！"

封云亭顿时大喜，心知他刚刚做的，便是成全梅娘晚了十六年的投生。

梅娘神情激动，想去握住封云亭的手，余光瞥见自己衣冠不整，双颊一红，便先把衣襟裹了起来。

封云亭笑着说："你我已经是夫妻了。洞房花烛夜，有什么好遮遮掩掩的？"

梅娘这才注意到屋里的陈设，心中一阵甜蜜，咬着红唇，目光瞥向一边。封云亭看着爱人，不禁动情，上前将她拥入怀中。两人相识相爱这么久，终于结成夫妻，自是一夜春宵，极尽欢愉。

第二天早晨，封云亭去拜见岳父。展孝廉安慰他说："我那个傻女儿什么都不懂，既然承蒙你能看上她，我也不会太亏待你。我家有不少聪慧的丫鬟，只要你喜欢，都可以送你做通房丫鬟。"

封云亭说："娘子她不傻，我们情投意合，两情相悦，您的好意我心领了。"

展孝廉觉得很疑惑，还以为是封云亭不好意思。片刻，梅娘从里面出来了。她神情正常，举手投足非常得体，颇有大家闺秀的风范。展孝廉大为惊奇，连问究竟发生了什么事。梅娘却犹犹豫豫，有些羞于开口。

封云亭把他和梅娘相识相爱，又带她来到延安府投生的事大致说了一遍。展孝廉听得连连赞叹。虽有些不信，但女儿的痴傻之症不知找过多少名医都束手无策，现在一夜之间突然痊愈，若说其中有鬼神之力，似乎也合情理。再者，无论如何，女儿总归是病好了，又得了一个一表人才的佳婿，当真是双喜临门。

自此之后，封云亭便和梅娘在延安府住下。展孝廉对女儿愈加疼爱，他让封云亭和儿子展大成一起读书，生活上的各类供给都很丰足。

如此过了一年多，展大成渐渐对封云亭有点厌烦。总跟下人说封云亭是个吃软饭的。下人们也开始传闲话,都说封云亭是靠装神弄鬼才做了展家的女婿。展孝廉听多了这些话,渐渐对封云亭也冷淡起来。

梅娘感觉到了,就对封云亭说:"做女婿的,不能在岳父家里住得太久,住得久了别人都会说长道短,瞧不起你。趁还没撕破脸皮,咱们该回自己的家了。"

封云亭觉得梅娘说得对,就去跟展孝廉说想回济南看望父母。展孝廉不想女儿离家太远,便推说封云亭自己回去就行了,梅娘应该留下。

梅娘知道后,找到父亲说:"女儿已经出嫁了,丈夫去哪儿理应跟随。"

展孝廉大怒,便不再管两人想要离开的事。不给盘缠,本来雇好的马车也退掉了。梅娘像早有预料一般,拿出自己的嫁妆雇了马车,两人趁着夜里离开,一个月后便回到了济南的宅子里。

回到家,两人想起在这里初会时的情景,真是恍如隔世。所幸历尽艰难,有情人终成眷属。后来展孝廉还写信过来,让梅娘回家去。梅娘一概置之不理,安心陪封云亭读书。

两年后,封云亭高中举人,才和展孝廉家又有了来往。封云亭和梅娘的故事,自此才渐渐传为一段佳话。

林四娘

陈宝钥是青州道的金事。有一天夜里，他正在家中读书，突然帘子被掀开了。陈宝钥抬头看去，发现竟是一个漂亮的女子。

女子身穿长袖宫装，看起来二十岁左右。她看着陈宝钥，笑嘻嘻地说："漫漫长夜，公子独自读书，不觉得寂寞吗？"

陈宝钥奇怪地问："你是什么人？"

女子答道："我家就在西边，离这里不远。"

陈宝钥以为女子是个妓女，便轻佻了起来，邀请她进来坐。那女子生得非常艳丽，陈宝钥越看越动心，便试探着去抱她。女子并不怎么抗拒，甚至让陈宝钥觉得她在欲拒还迎。陈宝钥的胆子大了起来，亲了一口女子。女子也只是左右看看说："没有外人吧？"

陈宝钥站起来，把房门关上，说："放心，没人。"说完他就走到女子身边，开始脱衣服。那女子很害羞，偷偷看陈宝钥，却又不动弹。陈宝钥便帮她脱衣服。

女子闭上了眼睛，紧张地说："我还是处女，你温柔一点儿。"

陈宝钥已经欲念焚身，把女子抱到床上，极尽欢愉。本来陈宝钥以为，女子是为了调情而谎称自己是处子，没想到她的话居然是真的，那么她便不可能是妓女。

陈宝钥收起了轻佻心思，抱着女子闲聊，问她的来历。

女子说:"我叫林四娘,我的清白已经被你毁了。你若有心好好爱我,那我们相好就是。絮絮叨叨地问那么多做什么?"

陈宝钥看林四娘的态度这样坚定,也就没再多问。天快亮时,林四娘自己离开了。

自此之后,林四娘每天夜里都来找陈宝钥幽会。陈宝钥渐渐习惯,经常在晚上准备好酒好菜,和林四娘饮酒作乐。

相处日久,陈宝钥发现林四娘居然很有才华。聊起音律,林四娘能够通解五音,剖析宫商;聊起诗词,林四娘也能信手拈来,出口成章。陈宝钥非常惊喜。

有一天夜里,他让林四娘唱支曲子。林四娘谦虚地说:"都是小时候学的,现在已经快要忘记。唱出来怕你笑话。"

陈宝钥说:"我是仰慕你的才华,怎么会笑话你呢?"

林四娘听到这句话,似乎很高兴,神情也放松下来。她低着头想了一会儿,用手在竹榻上打着节拍,先唱了一首《伊州曲》,又唱了一首《凉州破》。

林四娘的声音哀婉动人。陈宝钥听着歌,不知不觉地闭上了眼睛。他的脑海中浮现出了塞北狼烟,大漠长河。恍惚中,真有一股亡国的悲痛从陈宝钥的心中升起。待到歌停时,陈宝钥已经泪流满面。

林四娘爱怜地为陈宝钥擦干眼泪。陈宝钥说:"四娘,你唱得真好。只是以后别再唱这些亡国之音了,让人忧郁。"

林四娘说:"唱歌本来就是表达情绪的。歌声是快乐还是悲伤,只取决于唱歌之人的内心。既然心中早有沟壑,唱什么又有什么关系呢?"

陈宝钥被林四娘的一番高论折服,对她更加钦慕和敬重。两人的感情也越来越好，除了林四娘只在夜里出现外，两人在其他方面都宛如夫妻一般。

陈宝钥家的下人经常在夜里听见有女子的唱歌声。歌声凄婉，闻者无不落泪。有一次陈宝钥的夫人也听见了歌声，便趴在窗户上偷看。看到了容貌艳丽的林四娘。陈夫人一看便觉得她不对劲。

第二天，陈夫人就问陈宝钥："那个夜里唱歌的女子是什么来历？"

陈宝钥支支吾吾地说不清楚。

陈夫人又说："她长得那么妖艳，根本不像是人间的女子。依我看，她不是女鬼就是狐狸精。相公不要被她蛊惑了，把她赶走才好。"

陈宝钥不同意："青天白日的，哪有什么女鬼、狐狸精？"

陈夫人问他："那为什么她只在夜里来找你？府上的人又为何从没看到她从何处进来，又从何处离开？"

陈宝钥心中隐约有些动摇。想到林四娘，他也能感觉到方方面面的奇怪，却又不愿多想。他对林四娘只有爱意，没有害怕。

陈夫人打断了陈宝钥的思绪："相公，我是为你着想。万一那女子使妖术害你可怎么办？"

陈宝钥明白夫人是好意，于是就把自己如何认识林四娘，林四娘又如何才思敏捷，大致讲了一遍。

陈夫人了解了他的心意，神色缓和下来，说："既然你们认识这么久了，她若有恶意，想来也早暴露了。无论如何，先搞清楚她的来历吧。"

这天晚上，林四娘准时出现。陈宝钥问她的来历。林四娘仍然拿以前的那套说辞搪塞，陈宝钥却不再听了，而是说："你我相爱，便是家人。所以我家里的其他人也应当对你有所了解,这样才好一起生活。"

林四娘被追问得没办法,只好告诉陈宝钥:"我本是衡王府中的宫女。遭难而死已经十七年了。我因为仰慕你的人品和才华,才委身于你,从未有过害你的心思。你若是害怕我,我就此离开,以后再不会出现。"

林四娘说着就站起身要走。陈宝钥连忙拉住她,说:"我也只是想了解你,让你和我的家人一起生活而已。"

林四娘摇摇头:"毕竟人鬼有别,你会因为爱而信任我,其他人却不会。我知道,想必是你家人发现了我,才逼你来追问的。我理解的。"说着林四娘还要走。陈宝钥着急地站起来,拦住她说:"我家人都知道你从未害过我,他们不仅对你没有恶意,还很喜欢听你唱歌。相信我,他们只是想了解你而已。"

林四娘听到这句话,才又坐了下来。陈宝钥问起衡王府中的事情,林四娘一一述说。原来,十七年前,清军打下青州时,将青州府劫掠一空。衡王府也没能躲得了兵灾,衡王遭难,身首异处。府中的其他人也都在兵灾中被屠戮。林四娘打小就进了衡王府,府里的人待她都很和善,如亲人一般。讲到清军杀进衡王府时的惨状,林四娘不由得哽咽起来。

陈宝钥听得唏嘘不已,看林四娘抽泣,他也心中不忍,不住地安慰爱人。待林四娘情绪好转时,已是后半夜。一人一鬼说了这许多话,也没心思再去作乐。林四娘便说:"陈郎,我每夜来找你,已经让你很久都没有好好休息了。今日就先歇着吧。"

陈宝钥问她:"我睡着后你是不是就要走了?"

林四娘道:"那是自然。"

陈宝钥便要赖说:"那我不睡,除非你一直待在这儿。"

林四娘看陈宝钥的样子如孩童一般,禁不住笑了出来:"好,我等天亮再走。你睡吧。"

"那你明日还来吗?"

"陈郎想让我来,我便来。"

陈宝钥这才放心地躺下,闭上了眼睛。

过了约莫半个时辰,陈宝钥耳中听到一阵悦耳的梵音,又醒了过来。他睁眼看去,只见林四娘坐在书桌前,垂首捧着一卷经书,正低声诵读着。

陈宝钥叫她:"四娘!"

林四娘回过头:"陈郎,我吵醒你了?"

陈宝钥说:"没有,我睡醒了。你不用睡觉吗?"

林四娘说:"鬼不需要睡觉。"

陈宝钥问:"你在读什么?"

林四娘答:"《金刚经》。"

陈宝钥来了兴趣:"泉下之人也能够读经吗?也可以忏悔、祈福?"

林四娘解释道:"鬼的世界其实与人间没有太多不同。我想我这辈子如此凄惨,便想诵经超度自己,求个来世的福报。"

陈宝钥明白了。自此之后,他也经常为林四娘读经。陈夫人听到林四娘的来历后,也心疼起她来,再没有劝陈宝钥离开林四娘,反而常常亲自准备酒菜,夜里一起陪林四娘饮酒谈诗。

就这样,林四娘幸福地和陈宝钥一起生活了三年。

一天夜里,林四娘神色哀戚地走进门。陈宝钥发觉异常,问她发生了什么事?

林四娘说:"阎王爷说我生前没有罪过,死后还不忘诵经持咒,所以让我转生到富贵人家。今夜是最后之期,你我分手后永远再没有见面的机会了。"

林四娘说着便哭了起来。陈宝钥听完,也非常难过。但转念一想,又为林四娘可以转生到好人家而高兴。他深情地抱着林四娘,流着泪说:"我实在舍不得你离开,想和你厮守下去。但能够转生是你诚心向佛的福报,我也很为你高兴。往后,再不用做孤魂野鬼了。"

说完,陈宝钥叫来陈夫人,把林四娘要离开的事告诉了她。陈夫人和林四娘早就以姐妹相称,几年相处下来,感情甚为笃厚。此时陈夫人得知林四娘要永远离开,非常不舍,亲自下厨备下一桌丰盛的酒菜,为林四娘践行。

酒过三巡,林四娘突然引吭高歌。她的歌声一字百转,哀伤而悠远,凄苦又曼妙。每每唱到悲凉之处,林四娘便会忍不住哽咽起来。引得陈宝钥和陈夫人也开始抽泣。就这样唱一会儿,哭一会儿。许久,林四娘才把那首曲子唱完。再坐下时,林四娘仿佛耗尽气力一般,浑身都失去了光彩。

陈宝钥夫妇被她感染,也喝不下酒了。两人一鬼相对而坐,不知过了多久,窗外突然响起了鸡鸣声。

林四娘神情悲伤地说:"我要走了。"

陈宝钥说道:"转生之后,还能再见到你吗?"

林四娘轻轻摇头:"转生之后,我再没有前世的记忆了。而且等我成人,你也已经变老。就算老天让我们相见,也无法相认,更无法再续前缘。陈郎,姐姐,今日就是永别了,我只能写一首诗送给你们,留作纪念。"

说罢,林四娘走到书桌前,拿起笔,蘸上墨,几乎没怎么想,

便一口气写了下来:

> 静锁深宫十七年,谁将故国问青天?
> 闲看殿宇封乔木,泣望君王化杜鹃。
> 海国波涛斜夕照,汉家箫鼓静烽烟。
> 红颜力弱难为厉,蕙质心悲只问禅。
> 日诵菩提千百句,闲看贝叶两三篇。
> 高唱梨园歌代哭,请君独听亦潸然。

写完,林四娘把信笺递给陈宝钥,说:"心悲意乱,实在没有心力推敲。音韵错漏之处很多,不要给别人看。"

此时,鸡鸣声再次传进屋里。窗外已经隐隐有了一丝亮色。林四娘最后看了一眼陈宝钥,用袖子遮着脸,穿过门出去了。

陈宝钥夫妇连忙跟上,打开门,却已不见林四娘的踪影。再看林四娘的诗,只见字迹清秀而端正,诗句隽永而深情。

陈宝钥读了几遍诗,等墨迹干了,就珍重地把信笺收藏了起来。

陈家的下人中有好事者,把陈宝钥和鬼的故事说了出去。这个故事在青州广为流传,甚至这首诗,也不知何时被传开,所有知道这个故事的人都能背诵。至于诗中的重复和脱节之处,到底是林四娘忙乱所致还是传抄出错,已经没人知道了。

章阿端

河南卫辉府有个戚生，年纪轻轻，长相英俊潇洒。

戚生平时做事任性妄为，经常以自己的胆色过人为荣。因此，他的朋友们也喜欢鼓动他做一些冒险的事。

有一次，戚生和两个朋友喝酒。一个朋友问他："你知道城北的张家吗？"

张家是当地的世家大族，当代家主还曾任过卫辉府的推官。戚生当然知道，便问他："如何不知？"

另一个朋友说："张家的祖宅正在出售，你猜多少钱？"

戚生知道张家的祖宅共有五进，是全城数一数二的大宅院，便说："那么大的宅子，买下来怕不是要千金之资？"

朋友却说："只要五十贯钱。"

戚生不信："你二人是不是想骗我去出丑？"

那个朋友向他解释道："上个月，张家老爷从京城致仕，回到卫辉府的老宅里住。没想到才住了几天，就老有下人说宅子里闹鬼。一个月的时间，接连出了三起人命案子。县尉去查，查不出个结果。请道士做法事，做完没多久又死了个人。张老爷都已经搬走了，只留下一个老头看门。"

另一个朋友也说："所以那宅子才以五十贯钱出售。你若不信，去看一看、问一问便知道了。"

戚生这下来了兴趣，结完酒钱就赶往城北。果不其然，张家的祖宅竟真的在出售，价格已经跌到四十贯钱。戚生从不信鬼神之事，立时觉得自己捡到了大便宜。那两位朋友还想劝戚生再想想。戚生却丢下他们，跑回家拿了钱，跟张家立下字据后，这宅子便成了他的产业。

戚生回到家，立刻安排下人收拾搬家。戚夫人好奇地问他："住得好好的，为何要搬家？"

戚生回答："有大宅子住了，还住这里做什么？走，今晚就搬！"

于是戚家十几口人，当夜便搬进了张家的祖宅里。

这座宅院确实很大，戚家人搬过来后，每人单住一间屋子，竟还不知道空下多少地方。只因张老爷在京城做官的时候，家人都去了京城，这座大宅一直空着。

宅子的东边有一个花园，里面荒蒿野艾繁密如林，其他地方则稍好一些。于是戚生就让大家先住在其他地方，慢慢再打扫清理。没想到住进去的第二夜，一个丫鬟就死在了花园中。下人们都很害怕，不敢再去东边的花园里。一到晚上，所有人都不敢出门，都待在自己的屋里。

戚生很生气，但无论他说什么，下人们都不肯再去东边的花园。他一再逼迫，竟有下人偷偷逃走了。没有办法，戚生只好和夫人自己动手，清理那个花园。

这一天，戚生夫妇打扫到傍晚，花园里的杂草已经基本清理干净了。戚生有些累了，戚夫人便让他先休息，自己再收拾一会儿。戚生便往正屋走去。走到半路，突然听到一声尖叫，是从花园里传来的。他急忙赶到花园，只见夫人跌倒在地，已然昏死过去。

戚生把夫人抱回卧房，请来郎中。郎中诊脉后，说戚夫人脉象微弱不应，是邪气侵体之兆，加之气息微弱，恐怕命不久矣。戚生百般哀求，郎中才开了一服药。

夜里，戚夫人醒了过来，但面如金纸，显然身体极弱。戚生问她："花园里发生了什么？"

戚夫人回答他："你刚走，我就看见西北边的墙上出现一个人影。再仔细看，竟然是个女鬼要从墙里爬出来。我被吓得眼前一黑，就什么也不知道了。"

戚生将信将疑地问她："是不是看错了？世间哪有什么鬼神？"

戚夫人却无力地摇了摇头，闭上了眼睛。戚生看夫人疲惫，不忍再问，心中却已经相信了她的话。

戚夫人卧床不起，开始只是无力进食，后来连药也喝不下了。第三日的夜里，便突然病逝了。戚生办完丧事，知道下人们都不敢再住在这座宅子里，便给他们结了工钱，都打发走了。

下人们都离开后，戚生独自来到花园里。不久前锄掉的荒草还堆在地上，显得宅子非常荒凉。好在花园正中间有一座亭子，才显得花园里还有一些生气。

天渐渐黑了下来，西北面的墙渐渐看不太清了。戚生搬来一床被褥，铺在亭子中间，又拿来书和烛台，就坐在亭子里读书。他想看看鬼到底长什么样子。可一直读到眼皮发沉，都没有出现任何异常。于是戚生脱了衣服，就躺在亭子里睡下了。

不知睡了多久，戚生突然醒了过来。他感觉被子里有什么东西凉凉的，似乎是一只手，伸进被子里乱摸。戚生一把抓住那只手，坐了起来。

蜡烛已经快要燃尽。借着烛光，他看到眼前站着一个肥胖的女子。那女子头发蓬乱,嘴唇翻卷,猛一看很是吓人。

戚生却丝毫不怕,冷笑道:"阁下这副尊荣,我可无福消受。"说着一把将女子推开。

那肥胖女子听到戚生的话,露出了惭愧的表情。踩着碎步走出亭子,往西北边行去。那边只有围墙,女子却径直走进了墙里。

原来真的有鬼。戚生心想,这样的鬼,究竟有什么值得害怕的?

肥胖女子消失后不久,又有一个人影从西北边走近。这次却是一个身材曼妙、明艳动人的女鬼。女鬼来到灯下大骂:"哪里来的酸秀才,胆大妄为,居然大模大样地睡在这里!"

戚生看女鬼貌美,心中一动,掀开被子站了起来。此时,他什么都没有穿。

女鬼惊叫了一声。戚生却笑嘻嘻地说:"我是这座宅子的主人,找你收房租来了。"

戚生说着就赤身裸体地跳出亭子,去捉那个女鬼。女鬼被他吓到,连忙逃跑。没想到戚生先一步跑到西北边的墙下,堵住了她。女鬼眼看无路可逃,便回到亭子里,气呼呼地坐下了。

戚生也不害臊,大摇大摆地回到了亭子里。烛光照耀下,戚生只觉得这个女鬼如天仙一般。他情不自禁,伸手便把女鬼揽进了怀里。

女鬼也不怎么抗拒,笑盈盈地问他:"真是个狂妄的书生。你不怕鬼吗?跟我睡觉,小心丢掉你的小命!"

戚生觍着脸说:"死了我就也是鬼,以后天天缠着你睡觉。"

说着他强行解开女鬼的衣裙,就在亭子里的被褥上,行了男女之事。

事毕,戚生调侃女鬼:"我怎么还没死?"

女鬼也笑着逗他："天一亮你就要一命呜呼了，到时候咱们九泉之下见。"

戚生知道女鬼在逗他，也不在意，而是问起了女鬼的来历。

女鬼说："我姓章，小名叫阿端。生前嫁给了一个浪荡子，他不肯读书，也不肯做生意。每天只是喝酒，喝醉了就侮辱我、打骂我。郁郁之下，我十九岁就病亡了。埋在这宅子下面已经几十年了。"

戚生又问："刚才那个胖子是谁？"

阿端说："这座宅子下面全是坟墓。她也是这片坟地里的孤魂野鬼。平时是她侍候我的。"

"你这么漂亮，居然找了个那么丑的丫鬟？还派她来睡我？"

阿端啐了一口，说："鬼的坟墓上面若有活人居住，鬼就不得安宁。我只是叫她上来把你赶走，哪想到你这个色鬼竟能把她吓跑。"

戚生笑了："不是色鬼，也睡不了你。可是她吓唬人，为什么要摸我呢？"

阿端解释道："她死的时候已经三十多岁了，没跟男人睡过，就想来勾引你。说起来，她也是个可怜人。要不让她给你做通房丫鬟？"

"那我宁可死了算了。"

阿端大笑，对戚生说："你可真是个怪人。我们在地下几十年了，从没见过不仅不怕鬼，还敢轻薄鬼的人。其实鬼也只能欺负怕鬼的人。人要是都如你一样刚强，鬼也就作不了恶了。"

聊到这里，卫辉府的晨钟响了起来。阿端站起来开始穿衣服，说："我该走了。"低下头，却见戚生眼睛直勾勾地看着她穿衣。

阿端笑着问他："你真的不怕天一亮就死？"

戚生说："做鬼也挺好的。"

章阿端

阿端已经穿好了衣服,她说:"做鬼可不好,你好好活着。如果明天夜里你还没死,我就再来找你。"

戚生点点头。阿端走进西北边的墙,消失了。

戚生睡到下午,吃了饭,只觉得浑身通畅,并无不适。于是更加肯定阿端是骗他的。到了夜里,阿端果然再次出现。一人一鬼就在亭子里颠鸾倒凤,极尽欢愉。

后半夜,两人拥在一起聊天。戚生突然想起妻子就是死在这里,于是问阿端:"你们为何要害死我夫人?"

阿端解释说:"我原本只是想让丫鬟赶走她。没想到把她吓得病倒,之后更是去世了。这不是我的本意。话说回来,昨夜我跟你有了夫妻之实,便去问过了。你夫人也是命定如此,寿数已尽,没有办法。"

戚生问她:"既然你我可以做人鬼夫妻,那我和她岂不是也可以?我很想她,能不能为我把她招来呢?"

阿端听到这话,神情有些悲伤地说:"我死了几十年了,何曾有人这样惦记过我?"

戚生看她难过,连忙说:"我心里也惦记你的。"

阿端这才答应帮忙。

次日夜里,阿端打听消息回来,告诉戚生:"阎王爷本想让你夫人投生到富贵人家。但因她生前还有一桩因果未了,所以还滞留在阴间。"

戚生问她:"什么因果?"

阿端说:"你夫人生前曾丢过一只耳环。她怀疑是丫鬟偷的,便打了丫鬟。丫鬟受不了委屈,便上吊死了。此案结后,你夫人便该去投生了。"

戚生连忙问:"她去投生,我要如何见她?"

"见不了的。"阿端说,"除非你也死了变成鬼。"

戚生的倔脾气上来,说:"死便死,大不了做鬼夫妻!人变成鬼后要怎么找生前认识的人?"

阿端无奈地说:"我只是气不过你那么关心她,随便说一句而已。人的寿命是上天定的,生死哪里由得你?"

戚生还不服气:"我若现在自尽,我的寿命还由天定吗?"

"由天定。"阿端说,"你今日不会自尽。因为你夫人现在寄居在药王廊下,我已经打发丫鬟去行贿了。晚一点儿就有结果了。我怎么可能看着你去死呢?"

戚生想了想,几年前家里确实有过这么一件事。当时他也以为是丫鬟偷了耳环,没想到竟是这样的结果。再想到阿端做的事,戚生很感动,亲了亲她,说:"你俩都是我的妻子,我对你们的关心是一样的。"

阿端笑了笑,不置可否。

戚生为了让阿端开心一点,就说起别的话题:"为何同样是鬼,她不能自由行动,而你却似乎很自由呢?"

阿端解释说:"冤死鬼只要自己不去阎王殿投案,或者故意去害人,否则阎王爷没空过问我们的。"

待到三更时分,阿端的丫鬟果然带着戚夫人赶来了。戚生非常激动,把夫人抱在怀里,连连说是自己害了她。戚夫人却告诉他,命该如此,并不怪他。一对夫妻阴阳相隔,看着对方都忍不住流出泪来。一时似乎有千言万语,却不知从何说起。

阿端在一旁看着,咬了咬嘴唇,转身就要离开。

戚生叫住她:"阿端!你去哪儿?"

章 阿端

阿端说："你们夫妻久别，有那么多的贴心话要说，我就不打扰了。改天再见。"

说完，阿端便消失在夜色中。戚生没拦住，只好先由她去。夫妻俩相拥着躺在亭子里，戚生问她："阿端说你还有一桩因果未了，就是那只耳环的事。需要我做些什么吗？"

戚夫人说："案子已经快审完了，不碍事的。再说阴间的事你也做不了什么。"

戚生放下心来，看着妻子的容颜，不禁情动。夫妻俩在亭子里行了房事，戚生便沉沉地睡去。

此后几日，戚夫人每夜都来花园里陪伴丈夫。阿端可能是舍不得戚生，三天后便再次出现。戚生每夜都享尽齐人之福，乐不思蜀。

第五日夜里，戚夫人一来就哭哭啼啼的。戚生问她怎么了？

戚夫人回答："明天我就要到山东去投生了。以后你我夫妻再也不能相见，可如何是好？"

戚生听完，悲从中来，只觉得这几日的神仙生活仿佛做梦一般，美好却稍纵即逝。

夫妻俩抱头痛哭。阿端于心不忍，犹豫片刻，突然说："我有一个办法，可以让你们暂时团聚。"

夫妻俩一听，顿时有了希望。戚生问她："阿端，你有什么办法，快说。"

阿端说："你去买十挂纸钱，在南堂的杏树下烧掉。这钱我拿去贿赂押送投生的差役，说不定可以让他延缓一些日子。"

戚夫人的葬礼刚办完不久，香烛纸钱之类的东西多的是。戚生当即便取来纸钱，按照阿端说的烧了。烧完回到屋里，阿端和夫人已经都不见了。

戚生心急如焚，却也无可奈何。好不容易熬到第二天傍晚，终于看到阿端带着戚夫人又回来了。戚生大喜，赶紧迎上前去，询问情况如何。

戚夫人说："多亏了阿端，那差役收了钱，便答应让我再逗留十天。"

戚生很高兴，虽然只能逗留十天，但他向来只重当下，不虑未来。当下，戚生便去买来酒菜，拉着阿端和夫人入席，饮酒作乐直到天亮。

倏忽八九天过去。这一日夜里，戚夫人突然又哭哭啼啼起来。原来十日之期已到，最后一晚过去，戚夫人就要去投胎了。

戚生只好又找阿端帮忙。

阿端说："现在已经很难有办法了。除非……"

戚生："除非什么？"

"除非还是用上次的办法，去贿赂差役。但若要一劳永逸，钱一定要多。"

戚生说："需要多少钱，我去烧就是。"

阿端咬咬牙，说："恐怕要百万之数。"

戚生哈哈大笑："阴间的钱在人世不过是纸而已，多少对我又有什么区别？你且等等。"

阿端却似乎不解似的问："为什么？"

戚生以为是阿端做鬼太久，已经想不起人间的事了，便不再理她。去内堂抱出几箱纸钱来，也不知道够不够，全拿到南堂的杏树下烧掉了。烧的时候阿端消失了，待纸灰烧尽，阿端又回来了。

戚生问她："钱够不够？"

阿端说："还缺五十万。"

戚生便出门去买，用马车拉回来整整一车，继续烧。这次烧得

章阿端

比第一次更多，戚生还担心不够，一直往火堆里填纸钱。直烧到纸灰堆得如同小山，天已大亮，他才疲惫地去休息了。

次日夜里，阿端又把戚夫人带回来了。她兴冲冲地说："我一开始去跟那个差役说情，他还不愿意。后来看到你送来的百万钱，他就动心了。"

戚生笑道："我还担心不够，想多烧一点儿。"

阿端说："太够了，钱实在太多。那个差役主动说他另找一个小鬼，替姐姐去投胎。以后你们夫妻俩想厮守多久就厮守多久吧！"

说完阿端就想走。戚生一把拽住她，说："谁让你走了？"

说着戚生便拥着两个女鬼，嬉闹起来。

这日之后，戚夫人和阿端两个女鬼就住在了戚家的宅子中。戚生把所有窗户都封住，白天只要关上窗户，便没有阳光射入。各间屋子不论日夜都燃着蜡烛。这样无论白天黑夜，戚夫人和阿端都可以和他待在一起。

就这样过了一年多时间。有一天，阿端突然生病了。起初她只是觉得头晕目眩，渐渐神志开始恍惚。直到后来，阿端连话都说不清楚了，每天只是定定地看着墙角。

戚生很担心阿端。戚夫人告诉他："她这是患了鬼病。"

戚生问："阿端已经是鬼了，还会患病？"

戚夫人解释道："鬼也是会生病、会死的。人死后变成鬼，鬼死后会变成聻。人怕的是鬼，鬼怕的便是聻了。"

"人间有郎中可以治病，那鬼的病要怎么治？请巫医来吗？"

"鬼的病，怎么可能有人能治？阿端在阴间有个邻居老太太，叫王氏。王氏生前就是巫医，如今在阴间也给鬼治病。我可以去叫她来。只是她住的地方离此处有十几里路，我脚下软弱无力，还要相公给我烧一匹马来。"

戚生照夫人的话，去烧了一匹纸马。回屋发现妻子不在，等不多时，突然听到门外有马蹄声响起。一开门，便见妻子骑在一匹马上，说："相公，等我一个时辰。"

说完戚夫人便驾马离去了。

戚生独自回屋陪着阿端，等了一个时辰，果然马蹄声再次响起。戚夫人带着一个老太太进来了。

老太太并不理会戚生，径直走到阿端的床前开始诊治。她的诊断方法与人间大夫的诊脉不同，而是十指一齐按住阿端的十指，然后闭上了眼睛。戚生以为她是在听脉，不想过了片刻，老太太突然浑身颤抖，趴倒在了地上。同时她的喉中发出了古怪的声响。

戚生有些担心，戚夫人却握住了他的手，递过来一个安慰的眼神。

老太太突然张口说话，发出来的却是男声："我是黑山大王。这姑娘的病这么严重，遇到小神我算是她的造化！"

戚生忍不住问："能治吗？"

老太太说："只是业报之鬼在祸害她，能治。但是治好了以后，要给我一百锭金子、一百锭银子，还有一百贯钱和一桌好酒席！"

戚生夫妇连忙答应。

老太太这才开始治病。她绕着床又唱又跳，足足忙活了小半个时辰，才突然一头栽倒在地。再起来时，老太太的声音已经恢复成了女声。

老太太说："小鬼我已经赶走了，休息休息，就没事啦！记得你们的谢礼。"

戚生恭敬地拜了拜，说："明日就送到府上。"

章 阿端

戚夫人也连忙道谢。看老太太要走,她就送老太太出了门。那老太太坚持后面的路不用送,于是戚夫人便把马送给了她。老太太高高兴兴地骑着马走了。

回到屋里,阿端果然悠悠转醒。戚生夫妇非常高兴,然而阿端却神色悲伤地说:"以后我可能再无法陪戚郎和姐姐生活了。这都是命……"

戚生夫妇问她为什么?阿端却不愿意说。他们只好让她先休息。

之后的两三天,阿端的身体渐渐好转,却突然在一个夜里再次恶化。这次比上次来得急得多。当夜阿端就说不出话了,只是缩成一团躺着,不住地发抖。戚生想再去请巫医来,阿端却死死拽住他和戚夫人,不让他们离开。

戚生急得不行,可阿端却只有把头埋在他怀里时才不颤抖。戚生稍微一起身,阿端就不安地惊叫着。戚生只好再回来陪阿端。

就这样过了六七天,夫妻俩仍旧毫无办法。一天,恰巧戚生有事外出,等到凌晨他回来时,远远就听到了妻子的哭声。戚生惊慌失措地赶回家,颤抖着声音问妻子:"怎么了?"

答案就是那个他隐约猜到又不愿面对的事实:"阿端死了。"

戚生如遭雷击。阿端的音容笑貌犹在脑海,掀开被子看去,床上躺着的,却是一具白骨。

戚生难过极了,为阿端办了葬礼,把她留下的白骨埋在了妻子旁边。

过了一段时间,戚夫人突然在梦中呜呜咽咽地哭了起来。戚生被吵醒,以为是妻子在做噩梦,便把她推醒了。

戚夫人流着泪说:"我梦见阿端了。"

戚生一惊,问她:"阿端还活着吗?"

戚夫人说:"阿端现在是覃鬼。她说,她生前的丈夫变成了覃鬼,因为怪她在阴间不守贞节,便作恶要了她的命。她现在每天都要被丈夫折磨,所以求我给她做一场法事。"

戚生连忙答应,说明天就请人来做。戚夫人却说:"超度覃鬼的法事,人间是做不了的。只有鬼能做。你去烧些纸钱,我来安排。"

戚生答应下来,又去烧了一箱纸钱。

次日夜里,果然有许多僧众前来。看他们的样子,和平常见到的僧人也没有什么不同。使用的铜铙法鼓也和人间并无二致。僧人们进来,对戚夫人念了两句法号,便准备起了法事。仿佛看不到戚生一样。

戚生在一旁看着,发现无论是僧人们念经,还是敲锣打鼓,他一概听不见。但戚夫人却说声音震天响,她的耳朵都要被震聋了。戚生觉得好玩极了,孩童一般兴致勃勃地看着法事做完。

戚夫人付给僧人们酬劳后,他们就离开了。夫妻俩睡下,到后半夜,戚夫人又醒了过来。只是这次不是被噩梦惊醒。她推醒戚生说:"阿端给我托梦了,说谢谢我,她丈夫被超度,她已经没事了。"

戚生问:"那我还能见到她吗?"

戚夫人说:"恐怕不行。阿端说她要转世成为城隍老爷的女儿,往后就真的是永别了。"

戚生一阵哀伤,但想到阿端以后将会过得很好,也就释然了。

再后来,戚生和戚夫人便像普迪夫妻一样,住在这座宅院里。戚生把下人又都找了回来。一开始,有的下人发现戚生和戚夫人的鬼魂一起生活,还很害怕。但看到戚夫人的言谈举止与常人无异,时间久了也就习惯了。

三年后,有一天夜里,戚夫人突然哭着对戚生说:"当年我们

章阿端　　115

贿赂的差役被发现受贿舞弊了。阎王爷正在查他做过的事。恐怕不久之后，我就要去投生了。"

戚生问她："我再给你多烧些钱，不能找阴间的老爷说说情吗？"

戚夫人擦着眼泪摇头："所有事都有因果，违反王法的事不能再做了。"

戚生突然想到三年前阿端死去的情景，难过地说："可惜阿端不在，恐怕我们也没有什么办法了。"

过了几天，戚夫人果然病倒。病的表现和阿端当年一模一样。戚生心疼地整日把夫人抱在怀里。三天后，戚夫人突然恢复了神志，她说："相公，你在吗？"

戚生连忙抱紧妻子，说："我在这儿，在这儿呢。"

戚夫人喃喃地说道："相公，能多陪你这几年，真是太好了。"

戚生哭得说不出话来。

戚夫人继续说："本来我只想做一个鬼，朝夕陪伴着你。可我不去投生做人，就是违背了天意。现在要再死一次，这也是天意吧。"

戚生涕泪横流，断断续续地说："有……没有什么办法，你……告诉我啊？"

戚夫人摇头："都是天意。"

话音刚落，戚生便觉得戚夫人变轻了。凝神望去，只见妻子的面容渐渐变得模糊，身体也变成了半透明，转瞬之间，就已消失不见。

后来，戚家的下人们经常看到戚生大白天关上门窗，点着蜡烛生活。一到傍晚，他就独自去花园里，坐在亭子中间，一坐就是一夜，不知道在想些什么。

薛慰娘

山东聊城有一个书生,名叫丰玉桂。丰玉桂父母早亡,只留下两亩薄田,让他能够读书的同时勉强度日。不巧的是,万历年间,山东发生了大规模的旱灾。两年来几乎没有下雨,地里长不出一棵绿苗。丰玉桂实在没有办法,便卖掉地,去南方逃难了。

过了一年,山东的灾情好转了。丰玉桂在外颠沛流离了一年,早已落魄成乞丐。他想着,就算死也要回到家乡埋进祖坟,于是出发赶往山东。没想到走到沂州就病倒了。

丰玉桂没钱看病,只好硬扛着病继续赶路。

这一天,丰玉桂走到了一处乱坟岗。饥病交加之下,他只觉得双腿沉重,两眼发黑。远远看去,丰玉桂仿佛将死之人,形容枯槁,双目无神,就连步伐都跌跌撞撞的。终于,他好像支持不住,靠在一座坟堆上躺下了。"应该休息一会儿再赶路。"脑海中刚浮现出这句话,丰玉桂就已经睡着了。

睡梦中,丰玉桂衣冠得体,相貌堂堂。他不知怎的就走到了一个村庄。丰玉桂隐约记得自己好几天没吃过一顿饭了,于是就想着进村去讨口饭吃。进了村庄,走出不远,一位老人便邀请他去自己家里做客。丰玉桂欣然应允。

老人的家是普普通通的两间茅屋。屋子虽然简陋,却打扫得干干净净,让丰玉桂心情大好。两人进屋后,丰玉桂看到一个少女,不禁愣了一下。那少女十六七岁年纪,不仅貌若天仙,而且仪态端庄,谈吐文雅。丰玉桂不由得多看了两眼。

老人让女子去煮柏枝汤招待客人。少女点点头就出去了。丰玉桂坐下,老人问起他的姓名、年岁、籍贯,丰玉桂一一说了。老人自我介绍说:"我叫李洪都,是平阳人,流落到这里居住,已经三十二年了。请你记住我家的位置,未来如果遇到我家的子孙前来探访,麻烦你指点一下他们。"

丰玉桂感到莫名其妙,问道:"老丈,你家的子孙不知道你的住处吗?"

李洪都说:"详细的情况到时候你就知道了。这件事对我很重要,你若能够帮忙,对我就是天大的恩情。刚才那位姑娘是我的义女,名叫慰娘。我看你也挺喜欢她的。我想把她许配给你,作为报答。待将来我儿子来探访的时候,他会为你们主持婚礼。"

丰玉桂想到慰娘的容貌,高兴地说:"我还未曾娶亲,承蒙您肯把女儿下嫁给我,这当然很好。只是我应该去哪里找您的儿子呢?"

李洪都告诉他:"你只管在村子里住下,等着便是。大概过上一个多月,自然会有人来。"

丰玉桂越想越觉得这事奇怪,就试探着问:"老丈,承蒙您招待我,我就实话实说吧。我家里很穷,现在也身无分文。您把慰娘许配给我,我很高兴。但我家中情况也不敢向您隐瞒。日后慰娘跟了我,若是受不了清苦,抛弃我又回来找您,那这件事情就很难堪了。在下愿意帮忙,哪怕没有慰娘我也会信守承诺。只想请您以诚相待,把事情的原委都告诉我。"

这时，慰娘捧着一只陶罐进来了。

丰玉桂不由得多看了她两眼。慰娘注意到丰玉桂的眼神，神情有些羞涩，放下陶罐就出去了。

李洪都笑着说："难道你想让老夫发誓说的都是真话？我知道你家里很穷。慰娘和我相依为命已经很久了，我也不忍心她再跟着我吃苦。所以把她许配给你。你有才华，性情品格也不错。以后日子会越来越好的。这次的事，就请你相信我一次。"

丰玉桂还有些疑虑："可是……"

李洪都打断他："不必可是了。你饿了几天了，快吃点东西吧。"

李洪都的话音刚落，丰玉桂便觉得饥饿感袭来。他想起那年老家闹饥荒，又想到这一年的流离失所，顿时口中溢出涎水，抱起陶罐猛喝了一口汤。

不想那汤入口极苦，丰玉桂因为太过饥饿，待咽下去才回过味来。满口的苦味让他精神一振，睁开了双眼。

原来刚才是做梦。丰玉桂站了起来，就睡了这么一会儿，他竟然觉得身体好了很多。不仅不饿不渴，就连病也好了很多。似乎身上都不太发冷了。

已经是下午，丰玉桂爬起来，继续往前走。走了没多远，就看到一个村子。丰玉桂进了村，村民们看到他，竟然都露出了吃惊的表情。他感到很奇怪，便向路边一个卖茶的老翁询问，老翁说："你已经躺在乱坟岗一天一夜了，村里人经过，都以为你是个死人，没想到不仅活了下来，还自己走到村里来了。"

丰玉桂心下了然。这一年来他到处流浪，人情冷暖见得太多，也不以为意。看看天色不早，丰玉桂对老翁说："老丈，小生途经贵地，是否能在您家中借宿一晚？不胜感激。"

老翁眉毛一挑，说："现在的乞丐都一副酸秀才样？赶紧走，耽误我做生意。"

丰玉桂愕然："老丈，为何要这样……"

老翁又补了一句："半条命都没了的人，万一你死在我家里，多晦气！"

丰玉桂无奈，只好离开。他在村里问了许多人，想要借宿。没想到所有人都躲着他，要不就直接拒绝，理由和这位老翁说的一样。

天已经黑了。丰玉桂无处可去，便想去村外看看有没有破庙之类的地方，好凑合一晚。走到村外，丰玉桂隐约看见不远处有一间破瓦房。房子里没有灯火，丰玉桂不知道这里是已经荒废了，还是主人不在家。看情况这个村子是没人会收留他，除了这里，他也无处可去。于是他便坐在屋檐下，靠在墙上休息。

睡了不知多久，丰玉桂突然被推醒了。睁开眼，借着月光，丰玉桂看到一个身材瘦长的年轻人正站在面前。

那年轻人问他："你是谁？"

丰玉桂知道是主人回来了，站起身理了理衣服，拱手道："小生姓丰，名玉桂。回乡途中途经贵地。只因实在无处借宿，才在你家门前睡着了。请你谅解。"

年轻人好奇地问道："村里那么多人家，为何不去问问，偏偏要在这里睡？"

丰玉桂如实相告："我在村外的乱坟岗昏倒了一天一夜。村里人害怕我死在家里，所以没人愿意收留我。"

年轻人愤愤然："都是一群无耻之徒。你今晚就住在我家吧！"

说着他推开门，带着丰玉桂进去了。进门落座后，年轻人又拿出食物给丰玉桂吃。丰玉桂很感动，虽是粗茶淡饭，对他而言却堪比山珍海味。

年轻人看着丰玉桂狼吞虎咽的样子,问他:"你是哪里人?怎的流落到这般境地?"

丰玉桂说:"我是聊城人,前几年闹灾荒的时候逃难去了南方。"

年轻人一愣:"我家长辈也是聊城人,到我祖父时才搬到沂州居住。而且我也姓丰。你名字里的'玉'字,是'金玉'的'玉'吗?"

丰玉桂明白了他的意思,说:"兄台名讳中可有一个'兆'字?"

年轻人哈哈大笑:"我叫丰兆才,没想到居然遇到了亲戚。"

丰玉桂也笑了:"论辈分我应该叫你一声叔叔。"

丰兆才说:"我也才二十三岁,你我年纪相仿,又没有长辈在,当以平辈论交。你尊我为兄长便是!"

丰玉桂也没想到会遇到远方亲戚,高兴地说:"恭敬不如从命!"

两人又聊了一会儿,发现居然在诗书上也意外地投机。到了后半夜,丰玉桂突然想到他在乱坟岗做的奇梦,于是一五一十地都告诉了丰兆才。

丰兆才听完也很惊异。他想了想说:"反正你的身体也不好,不如在我家住一段时间养养病。如果那个梦是真的,自然会应验。如果是假的,你养好病再离开也没有问题。"

丰玉桂觉得有道理,便在丰兆才家住了下来。丰兆才为人非常豪爽,帮丰玉桂买来了药,过了几天,丰玉桂的病就痊愈了。正当丰玉桂犹豫着是否该离开时,居然真的有几个外地人来到了村庄。

那些人一进村便到处打听李洪都的墓址,声称提供线索者有赏银。为首的人自称是平阳的进士,名叫李叔向。

丰玉桂还记得梦里人的名字正是李洪都。惊异之余,他便和丰兆才一起去拜访李叔向。

李叔向租住在村里的富户家中。这几天已经接待了好几拨人，所有人都声称知道他父亲的下落，却又说不出前因后果来。这些想骗赏银的人他见得多了，也不奇怪。他为找到父亲的遗骸，已经花了很多钱，多花费些时间也不算什么。

这天又有两个穷书生求见。李叔向让人带他们进来。双方见礼之后，丰玉桂直接问道："您是李洪都老先生的三子吗？"

李叔向一惊，问道："你是谁？怎么知道我在家中的排行？"

于是丰玉桂便把他如何昏倒在乱坟岗，又如何在梦里结识李洪都，如何留在村里等李叔向等事交代了一遍。

李叔向听完更觉惊奇，心中已信了大半。可身边人悄悄说："还是小心为上，看这两个书生的穷酸样，说不定是骗钱的。"

李叔向就说："请带我去坟地。"

丰玉桂答应下来，带着众人来到那天他昏倒的地方，指给他们看。丰玉桂指的地方，有两座坟挨着。然而坟墓没有墓碑，所以没人能确定里面埋的是谁。

一个村民说："前几年有个当官的途经我们村，小妾得病死了，就埋在这儿。你们找错地方了吧？"

丰玉桂非常肯定地说："就是这里。"

李叔向犹豫再三，让人把准备好的寿材抬到墓旁，才指挥下人挖坟。如果挖错了，用他买来的上好寿材重新安葬，就算是赔罪了。

过了不久，下人们挖开坟墓，却见棺材里是一具女尸。女尸的衣服已经风化殆尽，但容颜却如活人一般。李叔向正惊异时，那女尸竟睁开了眼睛。

女尸看到李叔向，开口说道："是三哥来了吗？"

李叔向大惊，这女子难道就是丰玉桂所说的慰娘？

丰玉桂听到说话声，赶过来一看，果然是慰娘。他脱下衣服，给慰娘披上，并把她抱了出来，说："李大人，慰娘是我的未婚妻，在此处多有不便，我先送她回去。"

李叔向点点头。丰玉桂和丰兆才便送慰娘回去了。李叔向亲眼看着杂草丛生的荒坟里挖出一个活人来，对丰玉桂的话再不起疑，便命令下人挖开另一座坟。

半个时辰后，坟墓被挖开。里面果然是李洪都的尸骨。李洪都死去多年，皮肤竟然还没有腐烂，只是尸体已经僵硬干燥了。李叔向看到父亲，号啕大哭起来。下人劝了好久才把他拉开，又把李洪都的尸身收殓入新棺材里，李叔向才勉强止住了泪水。他重金聘请来道士、和尚，每天在父亲坟前诵经。而自己也住在了村里，想等法事结束后再护送父亲回乡。

丰玉桂先把慰娘送到了丰兆才家。但丰兆才家只有一间破瓦房，如今有女子在，生活多有不便。丰兆才便提出他在外面搭个棚子，让丰玉桂和慰娘先住在他家。丰玉桂很是过意不去，就和丰兆才一起住进了草棚。

慰娘在路上就昏睡了过去。她的气息很微弱，似乎是大病了一场。两人请来大夫，大夫说慰娘只是身体弱，好好休息就会康复的。

这一天，李叔向突然带人来到了丰兆才家。一进草棚，李叔向纳头便拜，丰玉桂连忙连将他扶了起来。

李叔向说："承蒙先生大恩，我才能够寻回父亲遗骸。没想到先生居然住在这样的地方，都是我的错，让恩人受苦了。"说着，李叔向向下人示意，立刻就有一个下人端着几锭银子奉上。

李叔向继续说："这点钱财，实在不能报答恩人万一。但请你们一定要收下，否则我心难安！"

丰兆才笑着说："什么恩人，以后恐怕就是亲人了。"

丰玉桂也说："钱财都是小事，我能完成你父亲的嘱托，也算是了了一桩心事。这些钱对我来说太多了。你若愿意，送我一些还乡的盘缠就是了。"

李叔向道："请全部收下。还乡之事，由我来安排下人和马车。"

正聊天时，慰娘的声音从屋里传了出来："三哥！"

几人回头，看到慰娘扶着墙走了出来。

丰玉桂连忙说："慰娘你醒了！怎么不再休息一会儿！"

慰娘道："听到三哥来了，我应当出来见礼。"

李叔向趁着这个机会说："妹妹，你就替他们把钱收下吧！"

慰娘点点头，对丰玉桂说："爹爹早知道会有此事，你收下钱便是了。另有一事，爹爹为了保住我的尸身不致腐烂，曾经把一锭黄金用丝线绑在我的腰间。你们可曾见到？"

几人面面相觑，都说没见过。

慰娘说："丰郎，不如你去墓地一趟，找找看。那是爹爹给我的嫁妆。"又对李叔向说，"三哥，有劳你准备一桌酒席。我来告诉你来龙去脉。"

李叔向连忙答应，打发下人去准备。

慰娘最后向丰兆才行了个万福礼，说："多谢叔叔近来搭救丰郎，又帮助我。"

丰兆才摆摆手，笑道："一家人，应该的、应该的。"

不过一个时辰，丰玉桂便回来了。果然发现有一锭黄金落在了棺材里。这边李叔向也准备好了酒席，众人落座。

酒过三巡之后，还是丰玉桂先问出疑惑："叔向兄，你父亲是如何流落在这荒村的？"

李叔向叹了口气，娓娓道来。

原来，李洪都多年前和同乡一起做生意，途经沂州的时候病死。不恰他们生意失败，同乡也没有钱把他运回平阳，便就近葬在了乱坟岗。不想同乡回到平阳后，很快也病故了。当时李洪都的三个儿子岁数都还小。长子李伯仁后来考中进士，做了淮南县令。他好几次派人来沂州寻找父亲的坟墓，都没找到线索。几年后次子李仲道也考中举人，来此寻墓时同样没找到。李叔向是三子，高中进士后面圣，说找不到父亲的遗骸便是不孝，更没有颜面做官。圣上被他的孝心感动，赏了金银，特准他找到父亲后再去上任。李叔向亲自走遍沂州，到处查访，一找就是好几年。终于在这个村子，靠丰玉桂的帮忙才找到父亲的下落。

说完这件事，几人都很感动。又喝了几杯酒，李叔向问慰娘："父亲现在如何？"

慰娘说："爹爹孤苦无依，原本还有我相伴，如今九泉之下只剩他一个了。"

李叔向面色沉重地说："这都是我这个做儿子的不孝。待法事做完，我带父亲回平阳和家人团聚。你们也和我一起走吧？"

慰娘看向丰玉桂，丰玉桂点点头，说："我家中没有牵挂，一起去也无妨。"

丰兆才好奇地问："慰娘，李家老先生是生前认你做的义女吗？还是阴间也和人间一样可以认亲？"

慰娘道："我和爹爹的坟墓挨着，相依为命，他才认我做义女的。"

丰玉桂又问："你又是如何流落到此处？村里人说是一个当官的把你埋在这里的。"

慰娘听到这个问题，神色一黯，突然流下泪来。

在座的几人都有些不知所措,却听慰娘解释道:"我本是金陵人氏。有一年离开金陵,去舅舅家做客。雇船的时候,老妈子去找了她认识的一个熟人。那人既在秦淮河上撑船,也做媒人。那时恰好有一个做官的要进京述职,途经金陵,委托这个媒人为他物色一个小妾。"

丰兆才道:"就是把你安葬在此处的官员?"

慰娘点点头:"那媒人其实是个歹人。他见我和老妈子上船后,便想了一个毒计。趁夜里船在河上时,往饭食里下毒。老妈子被他丢进了河里,我也被他卖给了那个当官的。我因为中毒,一直都不知道发生了什么事。直到他带我回家,见到正房,我才从下人那里知道了事情的原委。可那时我一个弱女子,流落他乡,无依无靠,每日里除了受他欺侮,还要被他的正房毒打。实在没有办法自救。"

酒桌上一阵沉默,所有人都听得说不出话来。许久之后,还是丰玉桂关心地问慰娘:"后来呢?"

"后来不久,他调任了,途经沂州的时候我就上吊自杀了。他把我随便埋在乱坟岗里,让我死后还要饱受小鬼欺凌。幸亏爹爹保护我,认我做了义女,还用黄金保护我的尸身。她说我命不该死,以后有机会还能重返人间。前段时间,丰郎来过我家后,爹爹就说:'此人品性不凡,值得托付终身。等你三哥来了,让他为你们主婚。'又过了几天,爹爹让我回到坟墓里等候。不久之后,三哥就打开了坟墓。可能是那锭金子的缘故,我竟然就这么死而复生了。"

众人唏嘘不已。

李叔向道:"慰娘,从此以后你就是我的亲妹妹。你放心,你有三个哥哥,不敢说有多大权势,但总还都有功名在身。玉桂和兆才也都学识不凡,将来必有成就。有我们在,以后再没有人敢欺负你了！"

慰娘感动地哭了起来。几人安慰了她半晌。直到李叔向提出要谈谈她的婚事，她才转悲为喜，羞得不知如何面对。

法事做得很隆重。许多沂州的百姓都听说了这件奇事，专程从县城赶来看热闹。待七七四十九天后，法事才终于结束。李叔向护送着父亲的灵柩，带着丰玉桂、慰娘和丰兆才三人，出发回平阳。

半个月后，几人到达平阳。李叔向的母亲听到他寻找父亲遗骸时所经历的事情，也啧啧称奇。她了解到慰娘的身世后，对慰娘心疼不已。她认慰娘做了干女儿，并且准备了丰厚的嫁妆，立刻给慰娘和丰玉桂举办了盛大的婚礼。

李伯仁和李仲道也都赶回了家。一家人相认后，相处得非常愉快。慰娘和丰玉桂住在李家的别院里。丰兆才则以要读书备考为由，自己租了住处。

待李洪都下葬后，李叔向三兄弟都感念丰玉桂的大恩，又心疼慰娘在服丧期间太过沉痛，于是他们和母亲商量后，决定就在平阳另买一座宅院，给丰玉桂和慰娘居住。往后一家人也方便来往。

恰好平阳有一位姓冯的商人打算卖掉宅子。李家兄弟和丰玉桂去看了宅子，都觉得没问题。房价是六百两银子，李家兄弟需要去票号兑换现银，便和冯姓商人约定，三日后在李家交兑。

三日后，慰娘来到李家正院问候母亲。刚出角门，便看见冯姓商人在天井里等候。她看那商人非常眼熟，便走近了一些。那商人一见慰娘，神色大变，匆匆离开了。

过了两刻钟，李家三兄弟带了银子回家。慰娘问他们："刚才天井里有个人在那儿徘徊，哥哥们可知道那人是谁？"

李叔向答道："刚才？我们为何不曾见到？"

薛慰娘

李伯仁说:"今日约了冯先生交兑房契,难道是他?"

李仲道问慰娘:"那人的身形样貌可有什么特征?"

慰娘想了想,也说不出个所以然来。

李叔向问她:"难道妹妹认识此人?"

慰娘咬咬牙,说:"我看那人很像当年下药把我卖掉的媒人。"

三兄弟都是一惊。李伯仁道:"反正要交接房契,不如我们去打听打听。"

就在此时,下人通报,说有一位先生登门拜访,自称和李家约定了今日交兑房契。

李叔向大怒:"这个浑蛋还敢回来!"

李仲道也说:"若真是他,今日就法办了他!"

只有李伯仁说:"妹妹,你且在后堂里等一会儿。我们去试探一下他。万一认错了人,也还有个余地。"

慰娘点点头,进去了。

三兄弟出了门,发现来人并不是冯姓商人,而是平阳的一位私塾先生。那先生姓薛,和李家三兄弟都很熟悉。看三人出来,他抱拳道:"三位大人!"

李伯仁问:"冯员外呢?"

薛先生解释道:"冯员外昨夜来找我,说让我帮忙写一下房屋交兑的文书,顺便做个保人。我在来的路上遇见他了。他说忘了带一样东西,要回家去取一下。"

三兄弟对视了一眼,李仲道试探着问:"冯员外可有什么异常?"

薛先生想了想,说:"异常……看他的神色,似乎有些慌张。不知算不算异常?"

正说话时,几人突然听到慰娘一声尖叫:"爹爹!"

几人回头,见慰娘大哭着奔了过来。薛先生一愣,接着也是老泪纵横,唤道:"我的女儿啊!"

三兄弟都愣住了。难道此人竟是慰娘的父亲?

薛家父女抱着哭了一会儿。李家老夫人也出来了。李伯仁向母亲解释了事情的原委。李老夫人连忙把薛先生请回了家。

当下,李家为薛家父女重逢摆了一桌酒宴。酒桌上,薛先生才了解了女儿为何在李府。他对丰玉桂这个女婿非常满意。

慰娘问起父亲如何来的平阳。薛先生才道:"你失踪后,我和你母亲到处找你。找了一年找不到,你母亲竟郁郁而终了。后来我散尽家财想找到你的消息。无奈老父无能,这么多年都没找回你,让你受苦了。后来,只我一个人,反正无牵无挂,就四海为家,以教书为生。最后落脚在了平阳。也是想着万一能遇到你。没想到啊,真是苍天有眼!"

老夫人也说:"真是天意啊!这样的巧合,一定是上天给你们的福报。"

李叔向说:"只是可惜没抓住那个姓冯的。我让下人去打听,说那人已经带着全家逃走了。衙门里我去打了招呼,已经发了海捕文书,一定会抓到法办了他!"

李伯仁问:"确定是他吗?可别冤枉了好人。"

李仲道说:"他算什么好人。我也打听了,这个姓冯的名叫冯保。起初靠贩私盐发了家,但爱赌博。输光了家产才想卖掉宅子。就算害慰娘的不是他,贩私盐也是死罪。更何况若不是他,他跑什么?"

几人都点点头。

慰娘突然跪下,说:"几位哥哥这样对我,慰娘实在无法报答。"

丰玉桂也一起跪下了。

李老夫人连忙去扶他们："都是一家人，说的什么话！"

两人这才起来。丰玉桂对薛先生说："爹爹，以后就搬过来跟我和慰娘一起住吧！好让孩儿尽孝。"

薛先生欣慰地点了点头。

一家人喝酒聊天，直到深夜才散去。

冯姓商人逃走后，因有约定好交兑房屋的契约，房契也在薛先生那儿，房子就顺理成章地成了丰玉桂和慰娘的住宅。丰玉桂起初还怕慰娘介怀，但慰娘毕竟曾是泉下之人，对仇人也并不如何在意。

反而是李老夫人经常记挂着这件事，总是叮嘱三个儿子一定要找到冯保，给慰娘报仇。可惜李家三兄弟用了不少人脉，却一直没找到冯保躲在哪里。

丰玉桂和丰兆才安心读书，一年后进京赶考，双双金榜题名。丰兆才去了陕西，而丰玉桂去做官的地方，恰好就是金陵。夫妻俩辞别老夫人，带着薛老先生一起去了金陵居住。

来到金陵后，慰娘想起当年的老妈子，觉得她是因自己而死，便去寻访她的后人，想要报答。不久还真让她找到了。老妈子夫家姓殷，原本日子过得很清苦。慰娘来访后，才渐渐好转起来。

殷家有个独子，名叫殷富。殷富因为喜欢赌博，和家里决裂，流落在外。有一年殷富突然回到金陵。而殷老先生连夜找到慰娘，求慰娘保护他。

原来，殷富居然在外地打死了人，这才逃回了金陵。殷家老头是个本分人，不知道该怎么办，才来求助慰娘。

慰娘听殷老先生说完，也怪殷富不争气。她知道丰玉桂嫉恶如仇，肯定不会同意收留杀人犯。于是她就想问清楚事情的原委，再想办法保住殷富。

她耐心地问殷富："你为何杀人？那人又是什么来路？"

殷富支支吾吾，说不出个所以然来。殷老爷子满脸恨铁不成钢，在他的脑袋上扇了一巴掌，喝道："你的小命能不能保住，全靠慰娘了。还不快说！"

殷富这才说道："我在苏州有几个朋友，平日里经常来往。"

殷老爷子气呼呼地说："几个赌棍，不说也罢。直接说事！"

殷富说："上个月他们约我玩骰子，我就去了。一天就把身上的银子输光了。原本这也不是什么事。可我第二天弄了点儿钱再去，又输了。我就留了个心眼儿，才发现那个庄家出千。我和几个输钱的跟他理论，后来就动起了手。不小心把他打死了……"

慰娘想了想，问他："是你先动手的吗？"

殷富点点头。

慰娘又问："那人姓甚名谁？哪里人氏？我派人去打听打听。"

殷富道："他也是外地来的，听口音似乎也是金陵人。都说他姓冯，叫什么……冯保！"

慰娘愕然，惊得站起身来，说："你确定他叫冯保？"

殷富点点头："确定。"

慰娘长吁了一口气，说："真是天意啊！"

殷老爷子问："慰娘，什么天意？"

于是慰娘把当年老妈子如何遇害的事，告诉了殷家父子。

殷富听完，恨得咬牙切齿："只恨我当时不知情，合则非把这个杂碎卸成几块不可！"

殷老爷子也是泪水涟涟："多亏了慰娘，否则我们哪会知道这些往事。富儿误杀了人，居然得报大仇，此事也真是天意了。"

慰娘心中欣慰。她叫来丰玉桂，把事情告诉了他。丰玉桂听完后，也感慨果然是天道好轮回，冥冥中自有天意。于是他做出决定，把殷富收留在家里做仆人，平时还经常悉心教导。

经此一事，殷富改邪归正，后来靠着丰玉桂的帮助，在衙门里谋了件差事。再后来娶妻生子，孝敬父亲，踏踏实实地过完了一生。

四 荷花三娘子

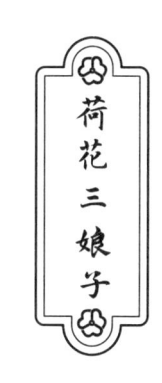

湖州的宗湘若是个读书人，家有田地几顷，但并不丰足。

初秋的一天，他闲来无事，便到田里去巡视。漫步在田垄上，金色农田，一览无余，远处的山峦，层林尽染，不觉心旷神怡。

再往前走，只见有一处庄稼无风自动，摇晃得很厉害，当即起了疑心，就跨过田垄去察看，没想到竟然是一对男女在野合。

他不想打扰别人的好事，就笑了笑转身往回走，可是脚下一滑，惊动了那对野鸳鸯。那男人提起裤子，系上腰带，低着头慌忙离去。片刻之后，那女子也披着衣服坐了起来。宗湘若仔细一瞧，不由得心里一动，那女子虽说不是天姿国色，却妖娆妩媚，颇有些风情。

那女子见宗湘若盯着她看，竟丝毫不羞涩，朝着他粲然一笑。宗湘若不觉心旌摇曳，喜欢上了她。他看四周无人，就想上去与她缠绵一回。可是心里却为自己有这种想法而莫名惭愧。

最终，他还是走了过去，俯身坐在女子身旁，解开了她的衣物。那女子也不阻拦，任他施为，眼睛里春情萌动。脱掉她的衣服后，宗湘若见她肤若凝脂，身姿曼妙，摄人魂魄，便忍不住把她浑身上下摸了个遍。

女子笑着说："一看你就是个读书的呆子！你心里想怎样干就怎样干，为何只是乱摸。"

宗湘若问："你是谁家女子？"

女子白了她一眼："萍水相逢，合了眼缘，恩爱一回，就各奔东西，何必如此细问，莫非你就是传言中那种进了青楼就劝人从良的人吗？还是说要留下姓名，为我立贞节牌坊？"

宗湘若说："在荒郊野地、杂草露水里欢爱，是山野村夫干的事，我不习惯。何况你这么漂亮的女人，就算与人私会，也应该讲究品质，怎么能这么草率从事呢？"

女子听了这番话，先是一怔，随后就说："不愧是读书人，说得很有道理，可是现在该怎么办呢？"

宗湘若说："我家就在附近，不如请你去家中小坐片刻如何？"

女子看了看天色说："我今天已经出来很长时间了，恐怕被家里人怀疑。不过半夜倒是可以，你家在哪里呢？"

宗湘若把自家房子的位置和门前的醒目标识都告诉了她，约好晚上相会后，她就穿好衣服，起身沿着一条小路快步离去了。

宗湘若激动地回家后，把家里认真地清理了一番，然后坐下来，魂不守舍地等待女子到来。

晚上一更时分，那女子果然没有食言，主动上门。两人耕云播雨、共赴巫山，极尽亲热之事。如此过了一个月，无论家人还是邻居，都没有人发现此事。

这段时间，村里的寺庙来了一位胡僧，经常在各家各户化斋。

这天，他到了宗湘若家门前，看见宗湘若，大惊失色，问他："你身上邪气这么重，最近是不是遇到了什么陌生人？"

宗湘若摇摇头："没遇到什么啊。"

可是过了没几天，宗湘若突然无缘无故地病倒了，浑身乏力，忽冷忽热。

每天晚上,那女子都为他带来上好的果品,殷勤照料、侍候周到,像夫妻一般恩爱。只是每次躺下,她必然要求宗湘若与她欢好一番。

宗湘若身体不舒服,每次都有心无力,总被女子纠缠,难免不耐烦。于是在心里暗自怀疑女子不是人类,但没有证据,也就无法与其断绝关系,让她离开。

思前想后,他暗生巧计,就对女子说:"前些日子,寺庙里有个老和尚说我被妖精迷惑,我还不信,想不到果然患了重病,看来他说得没错。明天我便邀请他来家里,向他讨要一道降妖符,看能不能把我的病治好。"

女子听了宗湘若的话,脸色一下子变得非常难看,显得有些惊慌失措。于是,宗湘若更加怀疑她是非人类了。

第二天,宗湘若派家人去庙里,把自己的情况告知了胡僧。胡僧带话说:"这女子是狐狸,它如今本领尚小,很容易收服。"于是写了两道符,交给家人,嘱咐说,"回去准备个洁净的坛子,放在床前,用一道符贴在坛口上。等狐狸钻进坛子后,马上用盆子封口,再把另一道符贴在盆上,放到开水锅里大火烹煮,用不了多久,妖精就会毙命了。"

家人返回后,一切按胡僧叮嘱的去准备了。

夜深以后,女子来家,从袖中拿出新鲜的金橘,刚要到床前问候宗湘若的病情,忽然床前的坛口发出嗖的一声响动,女子随即被吸进了坛子里。

家人猛然冲出,用盆子盖住坛口,贴上了第二道符。然后就要拿去热水锅里煮。但宗湘若看见散落一地的金橘,回想起与女子以往的恩爱,心中一阵悲伤不舍,立即吩咐家人住手,揭开符咒,要把她放出来。

荷花三娘子

家人看他态度坚决，无可奈何，只好听他的，揭开符，掀开了坛口的盆。

女子从坛中钻出来，一副狼狈不堪的样子。她跪在地上对宗湘若叩头说："我大道即将修成，却因私欲几乎化为飞灰。你是一位善良的人，我一定要报答你。"随即就离去了。

狐狸虽然走了，但几天以后，宗湘若的病情却越来越严重。家人求遍远近的大夫，他们看过后都摇头叹息，让家里早些准备后事。

家里人只好到集市上去买棺材。在路上遇到一个女子，问："你是宗湘若家的仆人吗？"

家人回答："是。"

女子说："我是他的表妹，听说他病情严重，想过去探望，可是家中正好有事，离不开身，我这里有一包灵药，麻烦你给他带回去，让他务必服下。"

家人拿过药，还想问候几句，发现女子已经走远了，于是返回家中，把路遇之事告诉了宗湘若。

宗湘若的表亲里根本没有姐妹，他知道这是狐女来报恩的，就让家人把药煎好后服下，果然病情大为减轻，精神一天天好起来，十多天后就痊愈了。

他想感谢狐女，但不知道去哪里找她，就夜夜向空中祈祷，希望再能与她见一面。

一天晚上，宗湘若闭门独酌，忽听有人在轻轻敲击窗棂，开门走出去，却是狐女。宗湘若十分欢喜，拉着她的手进了屋子，向她敬酒表达救命之恩。

狐女苦笑说："此事因我而起，才使我们同遭大难，幸而情意未泯，互相救助活了下来。看好你的病只是我在弥补自己的过错，但你对我的恩德，我尚未回报。如今我为你找到了一个如意配偶，不知道你会不会接受？"

宗湘若看着她，慨叹说："曾经沧海啊……"

狐女说："她只比我好，不会比我差，你若见了她，一定会将我忘了。"

宗湘若笑着说："不知是哪家女子有如此魅力？"

狐女说："这不是你该知道的。你听我说，明天早上辰时，你早些起身去南湖，会看见一个披白纱披风的采菱女，一定要划船去追。如果追丢了，就去寻找一枝隐藏在荷叶下面的短秆莲花，把它采回来，用烛火烧花蒂，你就会得到一位可人的妻子，还会因此延年益寿。"

宗湘若虽然不明所以，但狐女如此说必然有深意，就同意按她所说的去做。狐女要走时，宗湘若恋恋不舍，还想跟她发生关系。

狐女神情严肃地说："横遭此劫，顿悟大道，我等异类，应潜心修行，早日修成正果，怎能因男女枕席欢爱，而招人类仇视、怨恨呢？"

宗湘若听她这么说，似乎很有道理，也就不再纠缠了。

第二天一大早，宗湘若就按照狐女所言，来到南湖。此时正是采莲季，荷花荡中佳人颇多，绿肥红瘦，笑语欢歌。仔细搜寻后，发现一位少女，穿着雪白色的绉纱披肩，如出水芙蓉一般，仪态万千。

他催船速行，向那少女靠近，忽然眼前一花，不见了少女踪影。他当即就拨开荷丛，果然看见一枝红莲，莲秆不满尺，躲在莲叶之下。于是，他便把红莲折下来，带回了家。

进门后，他把红莲放在桌上，拿出蜡烛，削剪烛芯，还未点燃，就听见身后窸窣有声,回头一看,红莲竟然变成了那位少女。宗湘若惊喜异常,知其非凡俗女子,连忙伏地跪拜。

少女做着鬼脸说:"愚蠢的书生,我是妖狐,会害死你的!"

宗湘若充耳不闻,只是笑吟吟地看着她。

少女看他不怕,急了,慌张地问:"是谁教你的?"

宗湘若说:"我本来就能认出你来,还用谁教吗?"说着就伸手去拽少女的胳膊。

少女随手滑下,竟变成一块怪石,高约一尺,面面玲珑剔透。

于是,宗湘若把怪石供在桌上,焚香,参拜,又祈祷了一番。晚上睡觉时,把门窗关得死死的,担心少女溜走。

等天亮时一看,桌上已不是怪石,而是一件薄纱披肩,隔着很远就能闻到香气。拿起来,指头还能感觉到女性留下的柔腻和体温。宗湘若重新躺回床上,钻进被子里,抱着披肩,想入非非。

傍晚起来点灯,再回到床上时,发现那少女竟然躺在枕头上,笑吟吟地看着他。宗湘若喜不自禁,赶紧扑过去,紧紧地抱住她,在她耳边说着情话。

少女说:"你对我说这些没有用,我只是一朵花。"

宗湘若担心少女再变成别的,就苦苦哀求她别再变了。

少女说:"你喜欢女人,就应该知道女人都是多变的。既然想要我,就要接受我的多变。"

宗湘若无奈地说:"我接受。但请你在床上时,不要变成冰凉的石头,不要变成怪异的树根,不要变成猛兽巨蟒,不要变成蝼蚁蚊虫。"

少女长叹一声,说:"作孽啊,不知道是哪个长舌妇把秘密泄露出去,让这个好色的家伙纠缠着我……莫非这就是我的命吗?"

宗湘若看她微微闭着眼睛，就尝试着伸手去抚摸她，却没有遭到拒绝，于是翻身而上，逞性妄为。少女似乎承受不住他的荼毒，几次娇声请求怜爱，但宗湘若置若罔闻，甚至越发肆意。

少女只好说："你要是再这样，我就变成一块石头了。"

宗湘若怕她再变，赶紧草草完事，停了下来。

不过自此以后，两人的感情非常和谐，生活中也能相敬如宾。

少女不懂持家，但家中的钱财时常装满箱柜，也不知道她从哪里弄来的。宗湘若问她，她也只是笑说："你就当我是强盗，拦路抢劫来的吧，但是别再问了，免得被牵连成同伙。"

少女并不躲避宗湘若的家里人，很大方地出门，只是很少说话，与人谈话时也大都充当倾听者，似乎不善言谈争辩。有好事者向宗湘若问起少女的来历，宗湘若就随口编造故事骗过他们，或者干脆避而不谈。

过了一阵，少女怀孕了。十月怀胎，终于到了分娩之日。她拒绝了宗湘若去请接生婆，只是吩咐他："把门关上，不要让任何人接近，也不许敲门打扰。"说完，自己挺着大肚子进了屋里。

宗湘若在门外心急如焚，不知道里面怎么样。过了好一会儿，听见少女在里面叫他："好了，进来吧。"

宗湘若进门后，发现孩子已经用被子包好放在了床上。少女的肚子上有个大血口子。少女让宗湘若撕来一块干净的布，把肚子裹上，虽然谈笑自若，但脸色略显苍白。宗湘若走过去，紧紧抱住了她。

第二天早上，两人起床后，少女当着宗湘若的面，拆掉了裹布。肚子上的伤竟然已经好的，光洁如玉，只有一丝淡淡的粉红。

两人又恩爱生活了六七年，有一天，少女对宗湘若说："夫君，我们的缘分已尽，从今就要分开了。"

荷花三娘子　　139

宗湘若不明所以，问："好端端的，为什么说这样的话？"

少女说："我与你做了八年夫妻，是我的业债未尽，如今尘缘已了，我也要离开了。"

宗湘若听到这话，眼泪扑簌簌地掉了下来。

他对少女说："你嫁给我时，我家贫寒清苦，只能勉强度日，这几年因为你才稍稍富裕起来，你怎么忍心抛夫弃子，说离开就离开呢？何况你也没有娘家，将来孩子长大了，连母亲是谁都不晓得，岂不是一件遗憾终身的事吗？"

女子也惆怅地说："聚散离别，本是天道，我们的儿子一脸福相，将来必然大富大贵，而你也能长命百岁，就算没有我，照样可以生活得很幸福，还有什么不满足的呢？"

宗湘若问："八年以来，你从未告知我你的姓名，如今要离开了，还要保密吗？"

少女微微一笑说："我本姓何，如果以后你思念我，就抱着我的旧物，喊一声'荷花三娘子'，就会见到我。"

宗湘若喃喃地跟着说："荷花三娘子、荷花三娘子……"

少女趁他不备，从他怀中挣脱出去，说："我走了！"就在宗湘若惊讶地望向她的瞬间，她已经飘然而起，飞过了头顶。

宗湘若赶紧纵身跃起，伸手想把少女拽住，却只抓到一只绣鞋，少女已消失不见了。宗湘若呆呆地望着少女消失的方向，泪如雨下。他手里的那只鞋脱手落在地上，变成石燕，长约三寸，栩栩如生，颜色比朱砂还要红，内外晶莹剔透，像水晶一样。

宗湘若看见了，赶紧把石燕捡起来，精心收藏起来。

他查看家里的箱柜，发现少女刚来时穿的那件白绉纱披风还在，上面隐约还残留着少女的香气和体温。

后来，每当宗湘若想念少女时，便抱着披风喊一声"荷花三娘子"，刹那间，怀里的衣服就变成了活生生的少女，鲜活可爱的面容，含笑多情的眉眼，就连手摸着皮肤的触觉，都与少女一模一样。他查看她的腹部，那抹少女生孩子时留下的粉红，也别无二致。

唯一的遗憾，就是不能开口说话。

翩翩

罗子浮是陕西邠州人,父母很早就去世了。他八九岁时,被叔叔罗大业收养。

罗大业任国子监祭酒,家中颇为富有,可惜没有子嗣。他特别疼爱罗子浮,对他像亲生儿子一样好。

在官宦人家长大,难免会遇到一些诱惑。十四岁时,罗子浮跟着一群衙内子弟,被带去花街柳巷,彻夜寻欢作乐。

在青楼里,罗子浮结识了一位金陵来的女子。那女子容貌秀美,善解人意,罗子浮非常喜欢她,甚至被迷得不可自拔。

后来,女子返回金陵,罗子浮竟然也逃离家乡,偷偷跟着她跑了。

就这样,罗子浮孤身来到了金陵。先在妓院里住了半年,等他把从家里带来的钱都花光后,妓女们就开始嘲讽他。但她们都知道他家里有钱,所以并没有立即将他赶走,而是鼓动他回家去拿钱,并愿意为他出路费。

但罗子浮哪有脸回去,就一直找理由拖着。直到无尽的放浪,让他付出了惨痛的代价。不久之后,他患了梅毒,浑身长疮、溃烂发臭,沾染床席。人人嫌弃,远远看见他就掩鼻躲开。

终于有一天,他被妓院赶了出来。

吃饭也没着落,眼看就要被饿死,无奈之下,他只能在大街上乞讨。可是因为浑身散发着臭味，路人都不敢接近，只有个别人远远地扔点吃的过来，像喂野狗一样。

乞讨了几天，罗子浮饿坏了，他害怕自己客死他乡，便一路讨着饭往西走。他心想，就算死，也要死在家乡的土地上。

凭着这一股子劲儿，他每天走三四十里，也渐渐到了邠州地界。

他虽归心似箭，想早日见到叔叔婶婶，可是低头一看，浑身衣衫破烂、脓疮污秽，顿觉无脸回家，只好在临近县城的地方徘徊。

一天傍晚，罗子浮想去山中寺庙投宿。半路上遇到一个女子，容貌秀丽，跟天仙一样。罗子浮直勾勾地看着她，竟然有些心动。

"先生这是要去哪里？"那女子居然主动询问罗子浮。

如果是过去，罗子浮肯定会编造些花言巧语，但经过这场劫难，心境有了很大变化，就如实相告了。

那女子说："我是出家人，就住在附近的山洞里，你可以去留宿，以躲避虎狼凶物。"

罗子浮见她不嫌弃自己，还诚心相邀，内心激动，便表示自己愿意。他跟着女子一起朝山里走去，不知不觉间，二人已进入深山。

但见那幽深的山坳里，有一座隐秘的洞府，门前横淌着一条清澈的小溪，流水潺潺。溪水之上，架着一块长条青石板，当作小桥。

罗子浮心想，真是一个好去处。就紧跟着女子，沿着小桥过了溪水，穿过洞门，来到了石室之内。

室内没有看见灯火烛台，却一片光亮，宛若白日。

他止疑惑时，女子转头对他说："看你一路风尘，不如到溪水中洗个澡如何？"

罗子浮脸颊发烫，说："真是抱歉，我从金陵一路乞讨回来，又患了恶疮，污秽不堪，玷污了如此美好的地方。"

女子摇头笑说:"那倒不是。因为溪水对恶疮颇有疗效,你去清洗以后,身上的疮就会好了。"

罗子浮便脱掉身上的破衣,进入溪水之中。溪水清爽,凉意彻骨,但与此同时,罗子浮觉得恶疮带来的瘙痒,竟然没有那么强烈了。

洗完后,上了岸,罗子浮想去穿衣服。

女子说:"暂时别穿了,如果你感到羞涩,就用叶子遮挡一下。"

罗子浮心想:"既然她都如此坦然,自己又何必忸怩?"于是就扯下旁边一种植物的大叶子,遮住了下身。

女子拉开帷帐,清扫了被褥,对罗子浮说:"你早点去睡吧。"

罗子浮躺在床上,盖好被子,觉得身体无比轻松,眼睛直直地盯着那女子。

女子没有回头,但似乎已经觉察到他的目光,出声说:"别胡思乱想了,快睡吧,我给你做件衣服。"说着便取过一些像芭蕉的大叶子,精心裁剪后,拿起针线缝制起来。

罗子浮躺在床上看着,看女子忙了好一会儿,才停下来。原来,衣服已缝好了。女子把新缝的衣服整齐地叠好,放到床头说:"明早穿上吧!"

说完,便在对面的床上躺下了。

说来也怪,自从洗完澡,罗子浮身上的疮既不疼也不痒了,身体裹在温暖柔软的被褥里,不知不觉便睡着了。

等一觉醒来,天已大亮,他伸手摸了摸身上的疮,竟然已经结了厚厚的疮痂,顿时心情大好,感觉神清气爽,便打算起床。

他昨晚看见那女子是用芭蕉叶做的衣服,心里想着肯定没法穿,可是伸手取过来一看,衣服竟然变成了绿色的锦缎,光滑细腻。

罗子浮心里诧异,把衣服穿在身上,竟然十分合身。

过了一会儿,那女子开始准备早饭。罗子浮见她取过一些山叶来,说是饼,罗子浮张口一咬,果然是饼的味道。

那女子又把叶子剪成鸡、鱼的样子,烹调一番,上桌吃起来,竟都和真的一样。室内的角落里,放着一个小石瓮,女子从里面取了美酒来饮,一次又一次,瓮里酒少了,她就用溪水灌满,再取出来,依然是美酒。

在山中住了几日,每天饱食终日。身上的疮痂都脱落了,皮肤也恢复了光洁。俗话说,饱暖生淫欲。晚上睡觉时,罗子浮就爬到女子的床上要求同宿。

"轻薄的玩意儿!"那女子叱骂道,"身体刚好,就痴心妄想!"

罗子浮见她没有真生气,就拉住她的胳膊,油腔滑调地说:"小生只不过想报答你的大恩大德!"

那女子居然没有再反抗,于是二人便睡在一起,欢乐非常。

快乐销魂的日子,就这样一天天地过着。忽然有一天,一个少妇笑着进来,一进洞就喊:"翩翩你个小鬼头,这些天肯定快活死了吧!这种好事到底什么时候做成的啊?"

"原来是花城娘子,你可是很久没来了。今天是哪阵风把你给吹来了?"翩翩赶紧笑着迎了上去,又问,"生了儿子了吗?"

"唉,又是一个丫头!"那少妇说。

"那也是弄瓦之喜。不过,你可真是个瓦窑啊。孩子带了吗?"翩翩开玩笑说,看起来两人非常熟悉。

"才哄好,已经睡卜了。"少妇回答。

说笑之间,两人一起落座。翩翩置办了酒菜,设宴招待客人。

花城娘子细致地打量着罗子浮,妩媚地说:"这孩子真是烧了好香了。"

翩 翩

罗子浮见她有二十三四岁，容貌秀美，便对她动了心。趁剥果子时，故意把果子掉落到桌底下，俯身去捡时，暗地里捏她的脚。

花城只是看着别处笑，假装不知道。

罗子浮正想入非非时，忽觉身上的衣服变得不再暖和了。低头一看，衣服竟全变成了枯叶。

罗子浮吓得差点儿闭过气去，赶紧收回邪念，冰心玉壶般端坐了好一会儿，衣服才又渐渐变成了原来的样子。不由得在心里暗自庆幸两个女子都没看见。

又过了一会儿，罗子浮色心又起，起身给花城端酒时，用手指挠了挠她的手心。

花城依旧面不改色，坦然说笑，仿佛一点知觉也没有。

罗子浮发现，只要自己心猿意马，身上的衣服就会变成叶子；等自己收回了心神，衣服就又变了回来。

罗子浮好生尴尬，只得打消杂念，再不敢痴心妄想。

花城笑着对翩翩说："你家这小郎君太不正经了，如若不是醋葫芦娘子震慑着，恐怕他的心早飞到云里去了！"

翩翩也讥笑着说："轻薄的玩意儿，就该活活冻死。"

两人也不顾罗子浮尴尬，竟然一边说一边拍掌大笑起来。罗子浮的脸红到了脖子根，恨不能找个地缝钻进去。

这时，花城忽然站起来说："时辰不早了，小丫头醒来找不见我，恐怕把肠子都要哭断了。我得赶紧回去了。"

翩翩笑着说："贪图人家的男人，忘了自己的闺女。"

花城离去后，罗子浮担心被翩翩耻笑，但她依然和平常一样对他。

转眼已到深秋，洞外冷风阵阵，霜叶飘零。翩翩便去收捡落叶，拿回洞里来储藏,准备过冬。

她见罗子浮冻得瑟缩发抖,便拿了个包袱到洞口去捕捉白云,回来给他做成棉衣。罗子浮穿上白云棉衣,觉得非常暖和,就像用棉花做成的一样,却比棉衣要轻得多。

过了一年,翩翩生了个儿子,取名保儿。孩子既漂亮又聪明,罗子浮便天天在洞里逗儿子取乐。虽然山中的岁月如此美好而快乐,但罗子浮还是常常想家。在一次闲谈中,罗子浮提出要翩翩与他一起回家乡去。

没想到翩翩拒绝了,她说:"我不能跟你去,你就自己回去吧。"

她的声音虽然不大,态度却斩钉截铁。罗子浮知道她的性格,明白劝也无用,无可奈何,也就不再提起回家的事了。

就这样又拖延了两三年,儿子渐渐长大了,和花城的闺女结了娃娃亲。有时,罗子浮会想起养育自己的叔叔,担心他年纪大了,无人照顾,如此一想,难免惆怅万千,唉声叹气起来。

翩翩安慰他说:"叔叔固然已是高龄,但庆幸身体很强健,暂时用不着你挂念。"

罗子浮以为翩翩是在宽慰自己,就冲她微微一笑,没有说话。

翩翩又说:"我知道你想回去探望他,但现在保儿还小,再过几年,等保儿成婚后,是走是留,到时候全凭你。"

话说到这份儿上,合情合理,罗子浮也只好在洞中待着,看护儿子长大。

闲暇时,翩翩就在树叶上写字,教儿子读书。儿子非常聪慧,许多字一看就明白了。

翩翩开心地对罗子浮说:"这孩子天生福相,以后让他到尘世中去,肯定能做高官。"

光阴荏苒，一转眼，儿子就已经十四岁了。

花城亲自把女儿送了来。罗子浮和翩翩见那姑娘眉目如画，衣着精美，非常满意，便摆设宴席，举杯庆贺。

宴席上，翩翩摘下头钗，轻轻敲着节拍，婉转地唱道：

> 我有佳儿，不羡贵官。
> 我有佳妇，不羡绮纨。
> 今夕聚首，皆当喜欢。
> 为君行酒，劝君加餐。

宴席结束，花城离去。翩翩让儿子和儿媳妇住在对面的屋子里。

新媳妇叫江城，对公婆非常孝顺，常常依偎在翩翩膝下，像亲生女儿一样贴心。

过了几天，罗子浮对翩翩说："如今儿子已经结婚，媳妇也非常孝顺，请求你让我回故乡去探望叔父，给他养老送终以后，再回来找你。"

翩翩叹息着说："你有俗骨，终究不是成仙的料。"

罗子浮无言以对。

翩翩说："既然要走，注定留不住。儿子是富贵之命，以后当有高官厚禄，我不能耽误他的前程，就让他们也跟你一起走吧。"

说罢就嘱咐儿子和儿媳妇收拾东西，跟罗子浮一起下山。

江城刚想回家跟母亲告别，花城已经来了。

儿女都恋恋不舍，看着母亲，泪如雨下。

翩翩和花城安慰他们说："这只是暂时离去，去了以后，如果住不习惯，还可以再回来。"

说完，翩翩便把树叶剪成驴子，给三人当脚力。骑在驴子背上，跋山涉水，毫无颠簸之感。没过多久，三人就出了山，沿着大路，不久就到了家门口。

他们到家后，才知道罗大业已告老还乡。

罗大业以为侄子早已死了，忽见罗子浮活着回来，还带着儿子和儿媳，自然喜不自胜，老泪纵横。

罗子浮三人刚进入家门，就发现身上穿的衣服忽然都变成了芭蕉叶，扯开一看，里面的棉絮也像蒸气般悠悠散去。

罗大业十分惊异，但也没有深究，赶紧拿出衣物让三人换上。

叔侄多年未见，更是有一肚子的话要说，罗子浮便把自己的经历简略地给叔叔讲了一遍。

罗大业听了，唏嘘万千，感慨地说："侄媳大约是仙人啊。"

后来，罗子浮想念翩翩，便带着儿子回山中探望。只见黄叶满路、白云弥漫，却再也找不见洞口，只能伤心流泪，默然返回。

葛巾

常大用是洛阳人，喜爱牡丹成癖。他听人说，曹州的牡丹是齐鲁大地上最好的，就心心念念，无比向往，但一直没有机会去品鉴。

恰好有一个机会，要他到曹州办事，他就激动地去了。因他也算是有些名气的才子，曹州的一个官员想结交他，就让他住在自己府中的偏院。这里恰好有一座花园，但时值二月，园中的牡丹尚未开放，他便整日在园中徘徊，日日看着那些牡丹的嫩芽，希望能早日开放。

闲暇之余，他竟然写了一百首咏怀牡丹的诗作。

在初春阳光的照耀下，那些牡丹的嫩芽慢慢生长着，虽然在别人眼里看不出变化，但在常大用眼里，它们一天一个样。如此过了一阵子，牡丹慢慢吐出了花骨朵，眼看就要开放时，常大用的盘缠却快用完了。

万般无奈下，他只好翻出一些春天的衣物，拿到当铺换了些钱，虽然不多，但应付一阵子日常饮食，勉强够了。

自此闭门不出，整日只流连于牡丹园中。

一天清晨，他起床后再次来到园中，远远地竟看见一个女子陪着一个老太太在牡丹丛里赏花。虽然还有些距离，但那女子娉婷袅娜的身姿，还是让常大用眼前一亮。

150　　小倩

不过马上就想到她们可能是官员的家眷，就赶紧避开了。

回到房里后，他本想作诗，却有些心烦意乱，眼前晃动的全是那个女子的身影。等到黄昏时，他又去了牡丹园，却发现老太太和女子仍然在园中，便只好躲在一旁的假山后，远远地看着她们。

那女子穿着十分艳丽的宫装，不像是平常女子穿的衣服，让人赏心悦目。但更让他惊讶的是女子的容貌，简直美到不该是人间能见的。

"莫非真是仙女不成？"常大用如此想着，就从假山后出来了。没想到竟迎面撞上了那个女子，双方相遇，互相吓了一大跳。

老太太赶紧站出来，把女子挡在身后，大声呵斥道："大胆狂徒，你想干什么？"

常大用扑通一声就跪倒在地："小生拜见仙女。"

老太太指着他说："如此妄言，该捆起来送官。"

常大用这才为自己的鲁莽行为而恐慌不已，谁知那女子却莞尔一笑，对老太太说："咱们走吧。"

直到她们转过假山，常大用才站起来，战战兢兢地往回走。

跪了这么久，他的腿都麻了，可是现在顾不得这些。他心想，那女子回去后，必然会把自己的行为禀告父母，他们肯定不会善罢甘休。

他越想越害怕，但仔细回想，那女子脸上似乎并没有怒容，也许是大户人家的小姐不会把这点事放在心上。

如此一会儿懊悔，一会儿害怕，来回折腾了一晚上，等到天明时分，他竟然发起了烧。一直等人来兴师问罪，可直到天色大亮，也不见有人来。

他的心情暂时缓和了一些，可脑子里却总是想着那女子的倩影，挥之不去。一连在床上躺了三天，水米未进，身体越发衰弱，他觉得自己离死不远了。

当夜，他迷迷糊糊地盯着蜡烛发呆。忽然，上次见过的老太太走了进来，手里捧着一个青瓷小碗，走到他床前对他说："我家葛巾小姐亲手调制了一碗毒药，你快喝了吧。"

常大用乍听非常害怕，又立刻稳了稳心神说："我与娘子往日无冤，近日无仇的，她何必害我？"

老太太幽幽地说："那你敢不敢喝呢？"

常大用心想，反正自己离死不远了，与其被病痛折磨，不如喝下毒药，一了百了。于是就说："既然是小姐亲手调制的，与其相思成疾，不如服毒死了干净。"说完，便接过小碗，一饮而尽。

老太太诡异地一笑，接过空碗就走了。

常大用心里一阵凄凉，想不到自己就要客死他乡了。可是过了一会儿，又觉得唇齿之间残留的药香，一点也不像穿肠毒药。

躺了一会儿后，他竟然觉得胸中无比舒畅，一阵困意袭来，他竟然安稳地睡了过去。等醒来时，已经是红日满窗。

他尝试着坐了起来，身体果然已经痊愈，没有了一丝一毫的病乏之感。

此时，常大用更加确信她们就是神仙，只恨自己未能结交，只能在牡丹园无人的时候，到她站过、坐过和走过的地方，虔诚跪拜，默默祈祷。

相思如熬，度日如年，不过三五日光景，已经让常大用感觉过了千百年一般。

念念不忘，必有回响。终于，有一天，他再一次在牡丹园中遇见了葛巾，这次是她一个人，并没有老太太相伴。常大用特别兴奋，赶紧走过去,再一次拜倒在地。

葛巾笑着说:"你这是干什么?"说着就过来拉他起来。

她身上散发出一种奇异的香气,让常大用心旌摇曳,忍不住握住葛巾的手腕站了起来。触及之处,满手柔软细腻,令他浑身发软。他正想和她说话,远远地看见老太太又过来了。

葛巾叫常大用藏到石头后面,并指着南边说:"那里有一栋红窗房子,我就住在里面,晚上你可以过来聊天。"说完就匆匆走了。

常大用留在原地,心里就像掉了魂,又是激动,又是紧张,走来走去,一时不知道该去哪里才好。

晚上,常大用偷偷搬了把梯子,爬上了南墙,发现墙里面竟然已立了一把梯子。他高兴地沿着梯子下去,找到了红窗户房子,正想敲窗户,却听到里面有下棋的声音。等了好一会儿,棋局都不散。他担心被人发现,就沿着梯子翻了回来。可是,总觉得心里不甘,等了一会儿,又爬了过去。

他蹑手蹑脚地靠近窗户偷看,发现屋里的葛巾正跟一个素色衣服的美女下棋,旁边还站着老太太和一个丫鬟。

他看棋局一时半会儿也不会散,只好再次翻了回来。来来回回三四次,已经到了三更天。当他准备最后一次翻过去一探究竟时,却听见墙那边的老太太说:"墙角的梯子是谁放的?快点搬走。"

等了一会儿,常大用再次爬上墙头,发现梯子果然不见了,只好悻悻地回来。但是第二天,当他再次爬上墙头时,发现那把梯子又放回了原地。

院子里寂静无人,房子里也没有声音传出来。常大用便蹑手蹑脚地钻进了葛巾的房间。葛巾正坐在窗前发呆,似乎在想什么事,听见动静转过头来,看见常大用就吃惊地站起来,又马上侧过身体

葛 巾

说:"你怎么来了?"

常大用作了一揖:"我自认福浅命薄,想不到竟然会遇到仙女。"一边说,一边就抱住了葛巾。他发现葛巾的腰身如此纤细,盈盈一握,呼出的气息也像兰花一样清香。

葛巾连忙阻止他说:"你怎么这么急躁?"

常大用说:"我对你日思夜想,如今好不容易见到,怎么还能耽搁呢?"

两人正在拉扯时,忽然听见外面有人说话。

葛巾说:"是玉版妹妹来了,你快到床下躲起来。"

常大用刚躲到床下,昨夜那下棋的素衣女子便进来了。只听她说:"手下败将,还敢和我再战一局吗?我已经烹好了茶,特来邀你通宵大战。"

葛巾借口身体困乏推辞。而玉版却再三请求,葛巾坚拒。玉版说:"姐姐如此推脱,莫不是有男人藏在房里?"

话说到这份儿上,再不去就出事了,葛巾只好被强拉着出了门。

常大用从床下爬了出来,心里恨死了玉版。想着来一趟不容易,一定要拿点信物留念。常大用翻箱倒柜,可是并未找到梳妆盒之类的物件儿,只有床头放着一枚水晶如意。如意上系着紫巾,芳香洁净,十分可爱。常大用便把它揣到怀里,翻墙回到了住处。

回去后整理衣服时,发现竟沾染了葛巾身上浓烈的香味,心里想:"看葛巾仙女对我也颇有意,我爬过去太危险了,万一被人发现要吃官司,她要是有意相会,肯定会主动来找我的。"于是把水晶如意藏了起来,等着葛巾来找。

隔了一夜,葛巾果然登门。她一进来就嘲讽常大用:"我还以为你是个正人君子,想不到竟然是梁上君子。"

常大用也不辩解："我的确是贼，却是一个偷心贼。我之所以拿走如意，就是希望我们的事能如愿以偿。"

葛巾笑着说："油腔滑调，不是什么正经人。"

常大用一把抱住她说："那就不正经吧。"说着就为她宽衣解带。

葛巾脱掉衣服后，温热的香气四处荡漾。两人温存之时，常大用只觉得怀中的葛巾无论鼻息还是汗水，无不是芬芳四溢。

常大用说："只有仙女才能让我如此飘飘欲仙，小生得你错爱，三生有幸！只是焦虑仙女下嫁凡人，终成离恨啊。"

葛巾笑吟吟地说："你想多了，我只不过是个钟情的少女，偶尔动心罢了。"她又嘱咐常大用保密，免得被别人知道了搬弄是非。

她说："倘若那样的话，你插翅难飞，我也不能乘风归去，大家得空欢喜一场。"

常大用问："你的名字真叫葛巾吗？"

葛巾说："既然你认为我是仙女，又何必在乎仙女的名字呢？"

常大用又问："那老太太是何人？"

葛巾回答："她是桑姥姥，我小时常受她的照顾，所以她和其他仆人不同。"

常大用有问不完的问题，葛巾也一一作答。临别之时，葛巾说："把如意还给我，那如意是我堂妹玉版的，我得还给她。"

葛巾带着如意走了。常大用的被子和枕头都沾染了异香。

从此以后，隔三岔五，葛巾就来一趟。常大用舍不得离开她，直到典当的钱也全都花光了，就想去卖马。

葛巾知道了，就对他说："卖了马，一千多里路你怎么回去啊？"

常大用说："有你在这里，我回去干什么？"

葛巾又笑说："明明知道你油腔滑调的，偏偏我就喜欢。我倒是有些积蓄，可以帮你应付眼前的开销。"

常大用连忙推辞："绝不可以。你的情意，我都无以为报，怎还能花你的钱，这让我怎么做人？"

葛巾坚持要给他："就算是暂时借给你的吧。"

葛巾带着常大用来到一株桑树下，指着一块石头让常大用搬开后，拔下簪子，在土上刺了几十下，又让他把土扒开，竟露出一个瓮口。

葛巾把手伸进瓮里，取出来将近五十两银子。

常大用说："够了、够了！"

葛巾不听，又拿出十几个银锭。常大用只好强迫她放回去一半，这才愿意拿走用。他又帮忙把瓮掩埋好，还压上了一块石头。有了这些银子，很长时间都不用再为生计发愁。

有天夜里，葛巾对常大用说："我们如此私会也不是办法，要不要筹划一下以后的生活？"

常大用很是惊异，但马上就说："不用筹划，你说怎么办就怎么办，哪怕上刀山下火海，我也听你的。"

葛巾提议："不如我们私奔吧。"

常大用说："我当然没问题，只看你是否方便。"

葛巾便让常大用先回洛阳，自己随后就去。两人商议好后，常大用便收拾行装，返回了洛阳，准备迎接葛巾。没想到他刚到家门口，葛巾的车子也到了，就连桑姥姥也跟了过来。于是，两人一起去拜见了常家人。

街坊四邻十分惊奇，纷纷前来祝贺，没有人知道他们是私奔回来的。常大用不禁暗自担心，但葛巾却无比坦然。

她对常大用说:"莫说千里之外,互不相识,就算是知道了,我是官宦人家的女儿,他们也不敢把我怎样!"

于是,两人很快便举办了婚礼,正式成为夫妻。

常大用有个弟弟叫常大器,今年十七岁,与哥嫂关系甚密。

葛巾对常大用说:"你弟弟天资聪慧,前途肯定比你强。"

当时,常大器已定下婚约,但是未婚妻忽然病逝。

葛巾说:"我妹妹玉版,你见过的,相貌俊俏,跟弟弟的年龄也相仿,他俩倒是天生的一对。"

常大用便半开玩笑地让葛巾做媒。

葛巾说:"如真有此意,也不是没有办法。妹子与我最要好,只要一辆轻便的马车,派桑姥姥去接回来就好。"

常大用害怕自己和葛巾的事会因此暴露,便想劝阻她。

葛巾安抚他说:"放心吧,这事儿出不了岔子。"

常大用只好让人驾车,让桑姥姥去曹州的牡丹园接玉版。

几天后,葛巾算着她们该回来了,就叫常大器穿盛装去迎接。常大器迎出五十里,果然接到了桑姥姥一行人。

一同回家后,婚礼已经准备妥当。拜堂成亲,洞房花烛,自然就顺理成章地完成了。

兄弟俩都娶了漂亮媳妇,家庭和睦,家境也一天天丰裕起来。

但天有不测风云,有一天,不知从哪里来了几十个强盗,跨马扬刀,闯进常大用的家里。常大用赶紧带全家人上了塔楼,强盗就把塔楼团团围住。

常大用问:"诸位好汉,我们之间有仇吗?"

强盗回答:"无仇无怨。"

常大用不解:"既然如此,洛阳城里有诸多豪门大户,何必围住我家?"

强盗说:"谁让你们兄弟俩娶了两位绝世美人。我们只有两个要求,一是见见两位夫人,二是我们五十八个人,每人向你们讨五百两银子。"

常大用气极反笑:"光天化日,朗朗乾坤,官府的人马上就到,到时你们就会死无葬身之地。"

强盗也不说话,只把柴草堆在楼下,以放火烧楼相威胁。常大用只好答应给他们银子。

强盗们还是不满意,吵吵着要放火烧楼。常家的人都吓得要死。这时,葛巾和玉版走了出来,要下楼。兄弟俩百般劝阻,她们仍坚持要下去。

姐妹俩穿着艳丽的衣服,下了塔楼,站在台阶上。葛巾对强盗说:"我们俩都是神仙下凡,会怕强盗吗?我倒是想赐给你们每人黄金万两,你们敢要吗?"

强盗们似乎被震慑住,集体跪拜,齐声说:"不敢!"

姐妹俩刚要转身进楼,一个强盗说:"不会是骗我们吧?"

葛巾听了,停下脚步转身问:"那你到底想干什么?不如趁早说出来!"

强盗们面面相觑,没有一个敢说话,眼睁睁地看着姐妹俩从容地上了塔楼,才一哄而散。

经此一事,常大用觉得葛巾不是普通人,就向她询问出身,但葛巾一直没有说。直到两年后,姐妹俩都生了孩子,她才对常大用说:"我家姓魏,母亲被封为曹国夫人。"

但常大用怀疑曹州根本没有姓魏的官宦大族,毕竟如果是大户人家丢了女儿,怎么可能这么长时间都不闻不问呢?他嘴上虽然不敢问，但心里一直耿耿于怀。终于找了个机会，又前往曹州，四处查访，发现世家大族里并没有姓魏的。

这一次，常大用仍旧借住在上次的官宦家里。游园时，偶然发现墙壁上有一首《赠曹国夫人》的诗，内容颇有些怪异，就向主人打听。主人笑而不语，就请他去"拜访"曹国夫人。

到园中后，主人指着一株牡丹介绍说："这便是曹国夫人。"

常大用见那牡丹跟房檐一样高，就向他询问名字的来历。主人说，因为这株牡丹在曹州名列第一，所以朋友们就戏封它为"曹国夫人"。

常大用问它属于什么品种，主人的回答让他愈加惊骇——葛巾紫。于是他就怀疑家中的娘子葛巾是花妖。

回到洛阳后，他也不敢当面质问葛巾，就向她讲起那首《赠曹国夫人》的诗，以察言观色。葛巾一听，马上变了脸色，皱着眉头，迅速出了门，叫玉版把孩子抱来，并对常大用说："三年前，我被你的思念所感动，才显出人形，以身相报，现在你既然对我如此猜疑，日子还怎么过下去呢？"

说完，两人举起孩子，一起抛了出去。孩子落地后，瞬间就消失了。常大用被眼前的一幕震惊，等回头看时，葛巾和玉版也已渺无踪迹。

几天后，孩子落下的地方长出两株牡丹，一夜间就长到一尺多高，而且当年就开了花，一株紫色，一株白色，花朵像盘子那么大，比起曹州牡丹园中的葛巾和玉版来，更加繁密细碎。

过了几年，两株牡丹越发枝繁叶茂，各自长成了一大片花丛，把枝丫移栽到别的地方，就变成了别的品种，无人可识。

此后，洛阳城里的牡丹便越来越多，被誉为"洛阳牡丹甲天下"！

葛　巾

白秋练

慕蟾宫站在屋檐下,一手负在身后,轻轻捶打后腰,一手握着一卷书,仰头阅读。他坐得太久了,腰背酸痛,只好站起来读书。

此时,一个声音从角门传来:"蟾宫,吃饭了。"

慕蟾宫仿佛没听到一般,口中轻声吟诵着:"黄河水绕汉宫墙,河上秋风雁几行。"

原来他读的是李梦阳的《空同集》。诗意萧瑟,此时却是盛夏,蝉鸣声不绝于耳。

一首吟完,慕蟾宫忍不住闭上眼睛,细细回味着诗句。就在此时,那个声音又传了过来:"蟾宫,再不去吃饭,你爹又要骂你了。"

说话的是慕蟾宫的母亲。慕蟾宫听到母亲说爹爹,这才惊醒过来,小跑着赶往正厅。因为他最怕的人就是父亲。

正厅里,饭菜早已摆好。慕蟾宫的父亲慕小寰坐在主位。这是一个相貌威严的中年男人。他一看到慕蟾宫急急忙忙跑来的样子,心中便不满起来。再看慕蟾宫的手里还握着一卷书,慕小寰把筷子一把摔在桌上,呵斥道:"天天读书,都读成傻子了!读书有什么用?"

慕蟾宫的母亲跟在后面跑来,说:"老爷,孩子打小就爱读书。照先生说,咱们蟾宫天资也不差。好好读书,往后考取个功名光宗耀祖，多好的事啊。"

慕小寰冷哼一声："真要努力钻研四书五经也还罢了。他整天读的那些书，跟科考有关系吗？"

慕蟾宫羞愧地把书藏在了身后。父亲说得对，他爱读书，却不爱读四书五经，也写不好八股文。他只是爱诗而已。

母亲心疼儿子，又说："我又不识字。反正读书总是好事嘛。先吃饭吧。"

父亲不吭声，仍然冷冷地看着慕蟾宫。他不敢坐下，双手在身后攥着书，也不敢直视父亲。他才十六岁，但这两年，这样的场面已经有过好几次了。

过了许久，慕小寰终于拿起筷子，说了声"吃饭"。一家人才在沉默中把饭吃完了。

过了几天，慕蟾宫正读书时，母亲突然来到他的卧房，帮他收拾行李。慕蟾宫好奇地问："娘，我要远行吗？"

母亲叹了口气，说："你爹爹明日就要动身，去湖北进货。他其实也很关心你，想让你这次陪他一起去。"

慕蟾宫明白过来："爹爹是想让我学习经商吧？"

母亲点点头："他爱面子，不肯自己告诉你。唉，你爹也真是的。咱家虽不是大富大贵，但也不愁吃穿。何必让你受这样的苦……"

慕蟾宫却说："我理解爹，经商也是安身立命的本事。我在学业上没有成就，另学一门本事也没什么坏处。"

母亲不再说话了。慕蟾宫则从书柜里抽出两卷书，塞进了包袱里。母亲会意，告诉他："可别因为看书耽搁了事情。"

"不会的。"慕蟾宫笑道，"我趁爹爹不在身边的时候读。"

次日一早，慕蟾宫便跟着父亲出发了。两人先走陆路，经许昌到襄阳，又换水路，乘船顺汉江而下，到武昌进货。

到达武昌时，已经是半个月后了。慕小寰要去各处走访，探听行情，便留慕蟾宫在船上照看货物。船就停靠在岸边，慕蟾宫乐得清闲，每日没什么事做，便像在家一样，吟诵诗书，打发时间。

这一天，慕蟾宫正在朗声诵诗，眼角的余光瞥见门外站着个人，月光将那人的影子清晰地映在了窗上。

慕蟾宫觉得很奇怪，便推开门走了出去。

窗外站着的，是一个十五六岁的女子。那女子皮肤细腻，五官精致，在月光下更显得楚楚动人。她一看到慕蟾宫出来，仿佛被发现了什么秘密似的，仓皇地逃走了。

过了几天，慕小寰进的货差不多都装船了，父子两人就准备押货回河北。出发前的那一日，慕小寰想再去买些特产带回去，便留慕蟾宫在船上，自己去了城里。

这大半个月以来，慕蟾宫早已经习惯了这种生活。父亲走后，他吃了一点东西，便坐在甲板上，拿出书来读，读的正是前几日的《王司马集》。

此时，一个老太太远远地走来，径直上了船。

慕蟾宫正好奇来者是谁，老太太却说："小子！快救救我女儿吧！"

慕蟾宫惊讶地问道："老妈妈何出此言？我又不是大夫。您女儿难道认识我吗？"

老太太解释道："老身夫家姓白，有一个独生女儿叫白秋练。她平时最喜欢诵读诗书。前一阵她在岸边游玩时，听到过你读书。不知怎的就迷上了你。后来经常来你的船上，就为听你读诗。前几天不知道发生了什么事，她突然不来了。可是待在家里，她又日日夜夜地思念你，以致茶饭不思。现在已经病倒了。老身就这么一个女儿，既然她看上了你，我也想撮合你们俩的姻缘。不知道你意下如何？"

慕蟾宫恍然，原来前几天遇到的那个少女，就是老太太的女儿白秋练。他想起那个少女的美貌，也心动不已。然而再一想，明日他就要和父亲回河北了。父亲那么严肃，恐怕……

想到这里，慕蟾宫恭敬地施了一礼，说道："老妈妈，我心中也很喜欢白姑娘。但家父为人方正，此事又过于仓促，恐怕他不会同意。"

老太太不满道："你这个书生，怎么如此迂腐。你和我家女儿的事，只要你们二人同意就行了。其他的事之后再办又有什么不可以的？"

慕蟾宫犹豫半响，还是说："抱歉，实在有违礼法。"

老太太愤然道："人世间的姻缘，有多少男方上门求亲都不能成的。现在老身亲自做媒，你居然不答应，这也太丢脸了！我告诉你，如果你不答应，就别想坐船回北方了！"

说完老太太一挥衣袖，气呼呼地下船离开了。

慕蟾宫不明所以，但也觉得自己做的没错。

等到晚上，慕小寰回来后，慕蟾宫就把老太太来拜访的事情详细地告诉了父亲。

慕小寰问他："你觉得那女子如何？"

慕蟾宫实话实说："她相貌出众，气质优雅，孩儿也很心动。"

"品性呢？"

"未曾交往，不敢妄下论断。"

慕小寰点点头，显然对儿子的态度很满意。

白秋练　　　　　　　　　　　　　　　　　　　163

"咱们毕竟是出门在外，如果仓促地给你办了婚事，连你母亲都不知道，传出去岂不是让人笑话？再说好人家的姑娘，谁会主动来向一个陌生男子示好？我看这亲，不结也罢。"

慕蟾宫虽然心中不舍，但也觉得父亲的话有一定道理，便默默地答应了。

第二天，父子二人准备出发。没想到一夜之间，长江水位居然下降了数尺。货船陷进一片沙石地，眼看着走不动了。

他们的船停靠的地方原本就是处浅滩。每年都有船在水位下降后，停留在小洲上。这些船往往会停一年，待明年的春汛来时，水位涨上来才能航行。因为其他货船此时还没开始进货，所以这些船上的货物往往能以数倍于原价的价格出售。货主的本金只要不是贷款而来，赚的就比平时还要多。

因此，慕小寰并不是很担心。只是考虑两人所带的盘缠所剩无多，便留慕蟾宫看着货船，自己押着一批不能久存的货物走陆路，先回河北。

慕蟾宫听到父亲的决定，心中的第一反应，竟然是能见到白秋练了。他很高兴，隐约觉得自己还有机会见到白秋练。但转念一想，自己又不知道白家的住址，能否再次相遇，根本是未知之数。

慕小寰走后，慕蟾宫过上了自己最喜欢的生活。除了读书，什么也不做。他突然发现，自己读书时的心境竟然不再平和。总是忍不住来到甲板上四处张望，却再也没看到有人来拜访他。

过了一段时间，暑意渐去，天气转凉。这一日太阳快下山时，慕蟾宫突然远远地看见几个女子从岸边走来。

人到近处，居然正是上次来见他的老太太。老太太身后跟着两个丫鬟，扶着一名少女，正是白秋练。

慕蟾宫非常高兴，下船去迎接她们。老太太却不理他，带着人直接上船，进了船舱。慕蟾宫恭敬地跟在后面。只见两个丫鬟按照老太太的吩咐，把白秋练扶到慕蟾宫的床上，就退到了一边。再看白秋练，双目紧闭，脸色苍白，显然身体状况很差。

老太太叹了口气，埋怨慕蟾宫说："人都病成这样了，你别跟没事人一样啊！"

慕蟾宫赶紧道歉。

老太太神情难过，又说："非要见你，非要见你！要不是我家女儿看上你，我真是恨不得把你的船掀翻到江底去！"

说完，老太太气呼呼地哼了一声，带着丫鬟离开了。

慕蟾宫有些不知所措。天色渐渐暗了下来，他点燃了蜡烛。又忍不住去看白秋练。只见她的脸色虽然差，却丝毫掩不住摄人心魄的美貌。

就在慕蟾宫看得入迷时，白秋练嘤的一声，醒了过来。

慕蟾宫惊慌失措，赶紧站远一点，解释说："白姑娘，老夫人送你来的这里。我也不知道她是何用意，只说是让我救你，可我又未曾涉猎过岐黄之术。刚才多有冒犯，你不要怪罪……"

白秋练不回话，双目低垂，不知在想些什么。

这让慕蟾宫更不知道该怎么办了。解释了半天，白秋练都没有回应他。他只好又问："白姑娘，你要不要吃些东西？"

白秋练摇头。

他又问："你渴不渴？我去沏茶。"

白秋练定定地看了一会儿慕蟾宫，突然说："我只想对你说一句话。"

"什么？"慕蟾宫下意识地问了一句。

白秋练

白秋练低头，神情羞涩地说："为郎憔悴却羞郎。"

这是《莺莺传》里崔莺莺留给张生的诗句。慕蟾宫当然知道，他心中狂喜，上前将白秋练揽进怀中。美人幽香扑鼻而来，慕蟾宫只觉得心醉神迷，一时情动，忍不住低头往少女的樱唇吻去。白秋练却扭头避开了。

慕蟾宫惊觉自己失态，连忙道歉。

白秋练却用蚊子一样低的声音说："我对你钦慕已久，不是不愿意和你欢好。只是我现在重病，怕承受不住。等我病好后……自然可以。"

慕蟾宫心中感激，问道："你的病究竟该怎么治？"

白秋练说："你给我念三遍王建的诗'罗衣叶叶'，我的病就好了。"

所谓"罗衣叶叶"，乃是唐朝王建的诗句："罗衣叶叶绣重重，金凤银鹅各一丛。每遍舞时分两向，太平万岁字当中。"正是慕蟾宫前几日读的《王司马集》中的诗。

慕蟾宫闻言，朗声诵起诗来。白秋练的目光如秋波一般，盈盈亮起，仰慕地看着慕蟾宫诵诗。

读到第二遍时，白秋练的脸上已经有了血色。第三遍时，白秋练情不自禁地和慕蟾宫一起背诵起来，嗓音柔美动人。待诗诵完，慕蟾宫低头去看白秋练，不禁心神荡漾。白秋练也羞涩地说："我的病已经好了。"

慕蟾宫会意，转身把灯吹灭，和白秋练一夜缠绵。

第二天天还没亮，白秋练就起床梳洗，一边梳洗一边说："我母亲快要到了。"

不一会儿工夫，老太太果然来了，见女儿已梳妆打扮好，高高兴兴地坐在那里,老太太自然也十分高兴和宽慰。

老太太一来,三人似乎也没话说。三人吃过早饭,老太太就让女儿跟她一起走,可白秋练却低下头不说话。老太太知道女儿的心意,只好自己走了。临走时她说:"你喜欢跟你的小郎君玩,就让你遂了心意吧。"

慕蟾宫见老太太走了,问白秋练:"你家住在何处?我去准备些礼物,好登门拜访。"

白秋练说:"你我萍水相逢,住在一起开心就好,后面的事情莫要多想。至于我住哪里,这个很重要吗?"

听她这么说,慕蟾宫也不好再问。二人每日嬉戏玩闹,一起读诗,一起吃饭,一起生活,宛如在世外桃源一般。

就这样倏忽大半年过去。从某日开始,武昌接连下了好几天雨,长江水位开始上涨。

天色还没有彻底暗下来。白秋练早早挑上灯,打开一本书,才看了一眼就面色凄然,泪珠都滚了下来。

慕蟾宫急忙问是怎么回事。

白秋练悲伤地说:"看日子你父亲应该快来了。咱俩的事,刚才我用这本书来占卜,一打开就看到了李益的《江南曲》,意思好像不太吉利。"

慕蟾宫安慰她:"第一句'嫁得瞿塘贾',就已经是大吉大利了,怎么会不好呢?"

白秋练苦笑,站起身说:"慕郎,咱们还是先分开吧,要不然你父亲见到你我生活在一起,会更加轻视我。往后你我想在一起便更难了。"

说着白秋练就要往外走,慕蟾宫抓住她的胳膊,哽咽地问道:

白秋练 167

"如果父亲答应咱俩的婚事,我到哪里去寻你呢?"

白秋练说:"我会派人经常打听,咱俩的婚事能不能成我都会知道的。"

慕蟾宫还想下船送她。白秋练坚决不肯,留下慕蟾宫一人,径自走了。

果然,第二天慕小寰就到了武昌。父子相见,聊了许久。慕小寰告诉儿子,家中一切都好。他对儿子在武昌守候一年的表现也很满意。

慕蟾宫看父亲心情不错,便说:"父亲,这一年我认识了一名武昌的女子。我们已经有了夫妻之实,恳请父亲做主,聘请媒人为我完婚。"

慕小寰一愣,问他:"你是不是偷偷去妓院了?"

慕蟾宫问道:"父亲为何要这样想?"

慕小寰冷哼一声:"若是良家女子,谁会在外面乱跑?没有父母之命,媒妁之言,便私订终身,还有了苟且之事?做爹的还能不知道儿子?你根本不是个胡乱厮混的人。一定是哪里的妓女引诱你、骗了你……"

慕蟾宫觉得冤屈,辩解说:"没有,孩儿绝不敢做逾矩之事。她也不是那样的人……"

慕小寰继续逼问:"你给我老实交代,是不是卖了货物去找那些妓女了?"

慕蟾宫双目落泪,跪下磕头:"父亲,你相信我……"

慕小寰不理儿子,自己去船舱里清点货物。盘点一遍下来,发现货物并没有缺少,才略微消了些火。

他耐心地跟慕蟾宫说:"不论是不是妓女,既然和你有了那事,总之不是什么大家闺秀。待回了直隶，爹爹一定给你找个好媳妇。此事以后你不必再提了。"

慕蟾宫心中无奈，但也不敢违抗父亲的意思，只好沉默着。

第二天，慕小寰去了武昌城。打算补满货物，趁着春汛一起运回河北。慕小寰前脚刚走，白秋练就上船来了。

慕蟾宫把他父亲的意思告诉了白秋练，神情伤感，不知如何是好。

白秋练却相当镇定，她说："悲欢离合，自有定数，咱们还是先顾眼前吧。"

慕蟾宫不解地问："如何先顾眼前？"

白秋练神秘地说："我有办法，能把你再留在武昌两个月。两个月之后，事情兴许自会有转机。"

慕蟾宫不知白秋练是什么意思，白秋练也不告诉他，又说："往后若你父亲不在，你就在船上吟诗。我听到后便来与你相会。"

慕蟾宫点点头，反正父亲在的时候他也不会读书。

两人又缱绻了半晌，白秋练才离开。

说来也怪，自从白秋练离开后，武昌便再没有下雨。刚涨了一点的水位又回落了下去。春汛迟迟不来，船便继续困在原地，无法行动。这段时间，每当慕小寰不在，慕蟾宫便在船头吟诗。不久之后白秋练就会出现，和他私会。

直到四月底，船还是动不了，这样下去货物就没法卖出好价钱了。停船在武昌的商人们都很着急。慕小寰出主意，大家一起凑了香火钱，去湖神的庙里祈祷。

时至端午，突然下了一场大雨。长江水位暴涨。船终于可以走了，慕蟾宫也只好跟着父亲回河北。

回到河北老家之后,慕蟾宫无时无刻不在思念白秋练,以至情深伤体,得了一场大病。

慕小寰和妻子非常担心儿子。请了不少医生,甚至还请了神汉、巫婆来作法,希望能让儿子好起来。但终究不得其法,慕蟾宫的病情并不见好转。

有一次,慕蟾宫偷偷告诉母亲说:"孩儿的病,吃药、请神都治不了的,只有秋练来才行。"又把自己和白秋练的事一一告诉了她。

慕小寰听说后,非常生气。但慕蟾宫病重,他也不忍心对儿子发脾气。眼看着慕蟾宫的身体一日不如一日,似乎就要不行了,慕小寰才害怕起来。思虑再三,他最终还是趁着进货,带上慕蟾宫再次来到武昌。

父子俩来到了当初停船的地方。慕小寰把儿子安顿在船上,自己去找附近的住户询问。可是竟没有人知道哪有姓白的一家人。接连找了好几天,都没有消息。

傍晚,正当慕小寰跑了一天仍没有眉目,回到船上时,远远地看见一个老太太划船而来。那个老太太兀自走到近处,带着一个年轻女子登上慕小寰的船,说:"听说您最近在打听附近姓白的人家?"

慕小寰说:"正是,老妈妈可是知道些消息?"

老太太说:"我夫家姓白,您要找的人就是我吧?"

慕小寰大喜,赶紧把两人请进船舱。他的余光瞥见老太太身后的年轻女子,猜想这便是儿子朝思暮想的白秋练。只见她仪态端庄,俨然大家闺秀的模样。慕小寰不禁在心中为儿子高兴起来。

三人进了船舱,慕小寰为两人沏上茶,问老太太:"白老夫人,既然咱们的儿女互相有意,你我自然应该玉成其事。我看择日为他俩举行婚礼怎么样?"

白老太太可能是想起了去年的事,便只淡淡地说:"此事不急。你找我是有别的事吧?"

慕小寰有些尴尬,只好又问:"请问您家居何处?做什么营生?"

老太太淡然回答:"我们不是什么富贵人家,在洞庭湖上打鱼为生,以船为家。"

慕小寰听出老太太话中的嘲讽之意,但此时儿子的病才是他心中的头等大事。话已至此,他也不再拐弯抹角,直接说道:"我家孩儿和您家千金的事,想必老夫人也知道。蟾宫自回家后,思虑成疾,他希望能够见令千金一面。毕竟此事是他的病根,说不定见一面,病就好了。还请……"

老太太站了起来,说道:"那可不行,他们两人还没有婚约呢。就这么让我女儿去,岂不是毁了她的名声?"

慕小寰隐约猜到是自己以前的话让老太太不高兴了,便拱手道:"老夫人,鄙人以前多有冒犯,再次赔罪。但我儿心地善良,说到底也没做错什么。还请老夫人看在他对令千金的痴心上,救他一命啊!"

老太太神色冷淡,抬脚就想出门,却见身旁的白秋练双眼落下泪来。

老太太叹了口气,只好说:"唉!罢了,孽缘啊!"

说完,老太太也不叫上女儿,自己出门去了。慕小寰会意,向白秋练指了指里面的房间,也出门去了。

白秋练推门进去,只见慕蟾宫面无人色地躺在床上,似乎已经昏迷了。白秋练扑到床前大哭道:"去年我这样,想不到今年你竟也成这样了!你我明明有缘分,可怎么想在一起这么艰难?"

慕蟾宫被哭声惊醒，睁眼一看，居然是日思夜想的白秋练。他心中狂喜，挣扎着就要坐起来。白秋练赶紧摁住他说："你现在身体这么虚弱，先不要动，好好休息。"

慕蟾宫应了一声，不再动弹，只痴痴地盯着白秋练。

白秋练有些不好意思，便说："我先给你念首诗如何？"

慕蟾宫点头："好。"

白秋练凝神想了想，开始诵诗，读的是去年慕蟾宫曾背给她听的"罗衣叶叶"。

慕蟾宫笑道："这首诗写的是你的心事，念给我听可不能医病。"

"你想听什么？"

"嗯……"慕蟾宫想了想，说，"就念'杨柳千条尽向西'吧。"

这是唐朝刘方平的《代春怨》。白秋练的声音如莺如燕，念道："朝日残莺伴妾啼，开帘只见草萋萋。庭前时有东风入，杨柳千条尽向西。"

慕蟾宫听完，眼神明显变亮了。他又说："真是好诗！经你一读，更为这首诗增色。我记得你以前给我念的诗里，有一首皇甫松的《采莲子》，'菡萏香连十顷陂……'我还没忘，劳烦你再念给我听吧。"

去年他们在一起时，每天就是这么度过的。白秋练想起过往，不禁心中感动，按郎君的意思继续念道："菡萏香连十顷陂，小姑贪戏采莲迟。晚来弄水船头湿，更说红裙裹鸭儿。"

诗刚念完，慕蟾宫竟从床上一跃而起，高兴地说："我的病已经好了！"说完，他一把把白秋练抱在了怀中。两人分别许久，都动了情，自是一番云雨不表。

事毕，慕蟾宫抱着白秋练问："家父怎么跟你母亲谈的？咱俩的婚事说好没有？"

白秋练摇摇头说:"还没有。"

慕蟾宫有些失望,正想问缘由时,两人隐约听见外面有脚步声。于是起床穿衣。开窗看去,却是慕小寰等在船下。

白秋练知道自己该离开了,嘱咐慕蟾宫好好养身体,便独自走了。不一会儿,慕小寰回来,看到儿子精神很好,非常高兴。

慕蟾宫问父亲:"您是如何找到她们的?"

慕小寰把经过大致说了一遍,他猜到儿子要问婚事,再想到白老太太对他的态度,于是对儿子说:"白姑娘人是很不错。但她从小就在船上掌舵。且不说她出身卑微,江湖上人来人往,恐怕她连贞洁都未必守得住。"

慕蟾宫道:"可是孩儿只想和她成婚。"

"不着急,你先养好身体再说吧。"

第二天慕小寰出去的时候,白秋练又来了。两人聊起婚事,慕蟾宫说他父亲不同意婚事,白秋练也说她母亲不知为何突然不想让她嫁过来。

两人唉声叹气了一会儿,白秋练突然说:"想你父亲以前根本不想让你我相见,这次却为何专程来武昌找我们?"

慕蟾宫答:"自然是因为我生病的事。"

"所以咱们俩的事,还得让他们求咱们。咱俩越是热心,他们越固执。"

慕蟾宫想了想,觉得白秋练说得有道理,但自己又没什么主意。他问白秋练:"那怎么让他们求咱们呢?"

白秋练笑了笑:"我刚刚还真的想到了一个办法。我刚看了一下船舱里你父亲进的货,主要是茶和竹器。恩施的玉露茶,宜昌的宜红茶,还有武穴的竹器。这些东西都赚不了什么钱。"

白 秋 练

慕蟾宫愕然："爹爹每年进货时大致都是这些东西，你怎么知道赚不了钱？"

白秋练告诉他："这你不用管，你只需要告诉你爹爹，进一些江陵的荆缎和天门的印花布。这两样能让他获利十倍。只要我的话应验了，你父亲自然就会觉得我是个好媳妇。等明年你们再来武昌，我看他不来求我！"

慕蟾宫还想问白秋练怎么会知道，但看到白秋练自信的神情，便没问出口。想到以前雨水的事都能应验，他自然猜到白秋练不是普通人。便答应下来。

慕蟾宫把白秋练的话告诉了慕小寰。慕小寰不相信，问慕蟾宫是如何判断的行情？慕蟾宫便信口胡说，称自己闲着的时候也曾到处走访过。为了验证儿子的眼光，慕小寰便把剩下的本钱都买了荆缎和印花布。

回到河北之后，白秋练的话竟然真的应验了。茶叶的价格大跌，原因是很多商人今年都选择贩运茶叶。市场上的茶叶太多，价格因而一降再降。慕家的茶几乎亏掉一半本金。竹器的价格倒是没变，但卖得却比往年慢很多，价格也一般。

白秋练所说的江陵荆缎和天门印花布突然走俏，原因是河北本地的棉花和丝绸歉收。慕家亏掉的钱又在这些货上赚了回来。

慕蟾宫这才告诉慕小寰，这都是白秋练预测出来的。明年只要听白秋练的话，他们家一定能发一笔大财。慕小寰听得两眼放光，立刻带上全部本钱，出发去了武昌。

这次来到武昌后，竟又找了白老夫人好几天。同样是打听好几日后，白老夫人乘船和白秋练来找慕家父子。

慕小寰远远地看到白老夫人，立刻回屋，捧出一大堆礼物来，亲自下船迎接白老夫人。

老太太待船行到近处，也没下船，隔水喊道："听说你又在找老身？所为何事？"

慕小寰恭敬一拜，说："我这次来，是想给儿女们办理婚事。老夫人无论有什么要求，尽管提出便是。聘礼我也已经准备好了，请老夫人过目。"

老太太似乎对礼物并不在乎，只说："我也没别的要求，只是婚礼要办得风光，不能委屈了我女儿。"

慕小寰赶紧答应："那是自然。"

老太太点点头，便驾船离开了。

慕小寰不明所以。过了几天，老太太竟又驾船送白秋练来到了船上。慕小寰以为老太太不爱热闹。向白秋练询问，白秋练也说她母亲不想参加，婚事全凭慕小寰做主。

于是慕小寰租了一条大船，又在武昌最大的酒楼订了几十桌酒席，风风光光地为儿子儿媳办了婚礼。

婚礼结束后，白秋练建议慕小寰沿江而下，去鄱阳湖进一批货，来武昌卖。还给他写了一张纸条，上面详细地写着进货清单。慕小寰对白秋练非常信任，立刻便带上本金去了都昌。而慕蟾宫则留在武昌，和白秋练住在白老夫人的船上。

过了三个月，慕小寰终于回来了。所有货物果真都非常受欢迎，以五倍的价格销售空。慕小寰大赚了一笔。

慕小寰很高兴，打算带儿子、儿媳回河北，也好让老妻见见。按礼数来说，这也很正常。白秋练却表现得不太想回去。直到白老夫人答应，几人才准备上路。

临行前，白秋练求慕蟾宫带些湖水回去。慕蟾宫不明白究竟为何，但既然妻子说了，他便照办。

回到河北之后，白秋练每天吃饭时都会往饭里放些湖水，就跟放调料一样。慕家人起初都很奇怪。但白秋练帮助慕家一笔又一笔地赚钱，家人便看她哪里都亲，这种生活上的小事也就不以为意了。

又过了三四年，白秋练生了一个大胖小子。一家人的小日子过得很是幸福。

忽然有一天，白秋练哭着想回娘家。慕小寰就带着儿子、儿媳一起回到武昌。然而等他们一行到了洞庭湖，却无论如何也找不到白老太太了。

起初白秋练表现得还很正常。只是每日清晨、傍晚都扣打着船舷，呼唤母亲。待三日后，白老夫人还未出现。白秋练渐渐开始着急，每日驾着船在洞庭湖上漂泊。一直喊一直喊，直喊得嗓子哑掉，仍不肯停息。让人心生不忍。

眼看白秋练找不到母亲，慕蟾宫也很着急，便每日沿着湖边走访询问。这一天，慕蟾宫在湖边遇到一个渔翁。那渔翁钓到一只很大的白鳍豚。慕蟾宫凑上前去看，只见那条白鳍豚有五尺长，而且体形、轮廓居然像人一样，隐约还是一个女子。慕蟾宫觉得很是惊奇，回来之后，便把这件事当作奇闻跟白秋练说了。

白秋练听完后，霎时面无人色，露出非常惊恐的表情。

慕蟾宫问她："你怎么了？"

白秋练意识到自己的失态，定了定神，说："慕郎，近来我寻不到母亲，一直想要去放生，积些功德福报，祈求上苍保佑。那只白鳍豚既然如此特别，很可能是有灵之物。请你替我把它买下来放生吧！"

慕蟾宫答应下来，本想明日再去，白秋练却一直催促他立刻动身。慕蟾宫只好又来到遇到渔夫的地方。那渔夫看慕蟾宫来得急切，张口便要一百两银子。慕蟾宫身上没这么多现钱，加之一百两银子实在太多，就又回来找白秋练商量。

白秋练气得直咬牙："我这些年在你家，替你们赚的钱还不够多吗？我何曾求过你做什么事？唯一的一次，还是这么一点小事，你竟然舍不得钱？如果你连这件事都做不成，我立刻投湖自尽！"

慕蟾宫连忙安慰妻子，说他立刻就去办。转身出门后，慕蟾宫猜想父亲不愿意为放生花这么多钱，便偷偷拿了一百两银子，去买下那条白鳍豚放生了。

回来之后，白秋练竟不见了。慕蟾宫到处找也找不着。一直到天快亮时，白秋练才回来。慕蟾宫问她："你去哪儿了？"

"去了母亲那里。"

慕蟾宫问："你母亲找到了吗？她在哪里？"

白秋练长叹了一口气，说："事到如今，只好告诉你实情了。你买的那条白鳍豚，便是我母亲。"

慕蟾宫愣了一下，没听明白似的，问道："你说什么？"

白秋练解释道："我母亲一直住在洞庭湖里。洞庭龙王派她管理水上行旅。近来龙宫中挑选嫔妃，也不知道是哪个好管闲事的人说我长得漂亮，龙王就命令母亲把我找来。母亲便把我俩已经成婚的事禀告了龙王。我和人类成婚本就犯了大忌，龙王知道后，一怒之下便把母亲放逐在洞庭湖南泊。"

慕蟾宫看妻子说得头头是道，惊讶道："难道你们真的是……"

白秋练点头："是的，我们是鱼精。母亲被放逐在南泊，饿得都快死了，才被那个渔夫钓到。如今虽然被你救回，放生湖中，但龙王的命令还没有取消。你如果真心爱我的话，就替我求求真君，帮我母亲免了龙王的惩罚。如果你觉得我是异类，厌弃我的话，那我便把儿子还你，自己去龙宫救母亲。反正龙宫的生活，可比你家好得多。"

最后一句话，显然是对慕蟾宫那日掏钱不痛快有怨气。

慕蟾宫听明白了她的意思，诚恳地说："你不必去龙宫。此事我一定尽心尽力。只是我一个凡人，该如何见到真君呢？"

白秋练这才消了气，指点他说："这个你不用担心，明天未时的时候，真君就会出现在洞庭湖边。你如果看到一个跛脚的道士，就上去参拜。他可能不理会你。但没关系，他去哪儿你就跟去哪儿，即使他跳进水里你也要跟着。真君喜欢读书人，一定会答应你的请求。"说着，白秋练拿出一块鱼腹绫做的手绢，说，"如果真君问你有何事相求，你就拿出这块手绢，请他在上面写一个'免'字。"

第二天，慕蟾宫按白秋练说的，在湖边等着真君。果然有个道士一瘸一拐地走过来了。慕蟾宫赶紧上前，跪地参拜。那道士被吓了一跳，扭头就跑，慕蟾宫按照白秋练的吩咐，在后面紧紧跟着。

跑了不远，那道士便把手中的拐棍扔到水里，跳了上去。慕蟾宫也不顾一切地跳进水里的拐棍上。谁知那拐棍竟然顷刻间变成了一条船。

道士回头，玩味地看着慕蟾宫，问他："谁人指点你来找我的？又有何事相求？"

慕蟾宫便恭敬地拿出了那条手绢。

道士看到手绢，愕然地问道："这是白鳍豚的鱼翅，你是从何处得来的？"

慕蟾宫不敢隐瞒，把自己如何认识白秋练，又如何相恋，如何结婚生子，如何救下白鳍豚等事一五一十地说了，末了又请求道："真君慈悲,请务必帮我写一个'免'字!"

那道士听完这许多故事,仍然一副风轻云淡的表情,只是笑道:"有趣、有趣!这白鳍豚如此风雅,那老龙却如此荒淫!"说完接过慕蟾宫的手绢,并指为剑,凌空画了几下,就把手绢丢给了慕蟾宫。

慕蟾宫打开一看,手绢上写着一个草书的"免"字。字形如符咒一般。

道士手一扬,说:"回去吧!"慕蟾宫只觉得一阵风吹来,将他抬起,飘飘然片刻,就已回到了岸上。再看湖里,哪还有什么道士和船?

慕蟾宫知道真君帮了自己,感恩地跪在岸边磕了三个头,才回到自己的船上。白秋练听他讲完过程,非常高兴,又嘱咐他不要跟父母谈起此事。

过了几天,白老夫人果然来拜会几人。一家人其乐融融,在洞庭湖上游览了几日,慕家父子才和白秋练一起回到河北老家。

又过了两三年,有一次慕小寰去武昌做生意,中间竟有半年没有回来。家里的洞庭湖水快要用完了,但慕小寰始终没有回来的音讯。

白秋练一病不起,呼吸急促,喘个不停,仿佛吸不够空气一般。

慕蟾宫心中着急,想带白秋练去洞庭湖,白秋练却告诉他:"已经来不及了,我终究是水里的生物,不适合在陆地上生活。如果我死了,千万别下葬。你要在每天的卯时、午时、酉时,给我朗读杜甫的诗《梦李白》,只有如此,我的尸体才不会腐烂。"

慕蟾宫重重地点头,牢记在心中。

白秋练接着说:"等你父亲带湖水回来的时候,你即刻把水倒进盆中,关上房门,把我的衣服脱下,抱到盆里浸在湖水中,这样我就能活过来了。"

交代完这一切，白秋练又喘息了三天，最后实在支撑不住，还是死了。慕蟾宫心如刀绞，母亲想要安葬儿媳，被他严词拒绝。他每天守在爱妻身旁，在卯时、午时、酉时为她吟诵《梦李白》。

说来也怪，白秋练的尸身竟然真的没有腐烂。

半个月之后，慕小寰终于带着湖水回来了。慕蟾宫立即按白秋练事先说好的，把她脱光后浸泡在湖水里。

约莫有一个时辰，白秋练渐渐苏醒过来。从此，白秋练思乡心切，常常向慕蟾宫表达要回娘家的想法。慕蟾宫只要无事，也经常带她回洞庭湖游玩。

又过几年，慕小寰去世，慕蟾宫最终依了白秋练的心意，一家人搬到了洞庭湖边生活。

直到现在，洞庭湖边还有不少姓慕的人，都是慕家的后代。

花姑子

贡生安幼舆,是陕西人,为人慷慨义气,又喜好放生。

偶尔遇见村里的猎人捕到猎物,只要猎物还活着,他就会花钱买下来,带到荒野林间放生。

有一次,舅父家里办丧事,他去帮忙。等忙完回家时,天色已晚。路过华山时,在山谷里迷了路,一时竟走不出来,只能在里面转圈。

华山本就陡峭,山路狭窄难行,夜里湿气蒸腾,大雾弥漫,谷里更是漆黑无光,安幼舆只能缓慢地挪着步子往前走。

走了许久,仍然在山里。远处不时传来狼嚎狐鸣之声,荒草之间,窸窣有声,安幼舆不禁心生恐惧。

正心急时,抬头见百米之外,隐约有灯光。他打起精神,加快脚步,朝灯光处走去。正走着,忽然看见一个驼背老汉,拄着拐杖,从旁边斜路上匆匆赶了过来。

终于见到了人,安幼舆心里很是高兴,朝老汉快步走过去,想向他问路。

可是老汉却先问:"你是何人?夜半三更在此,莫非是剪径强人?"

安幼舆赶紧解释说自己不是强盗,只是迷路的旅人。他指着前面灯火处,说既然有灯光,一定是住了人的村子,自己打算去那里投宿。

老汉说:"那可不是什么安乐之乡,幸亏老夫来了。你跟我回家吧,茅屋虽然简陋,却可以遮风避雨。"

安生心里欢喜,跟着老汉走了约莫一里地,便看到一处小院落。

老汉过去敲门,一个老太太出来,一边开门一边问:"先生来了?"老汉答应着,领安幼舆进了屋子。

屋里果真潮湿逼仄。不过安幼舆想,总比露宿荒野的好。

老汉用火签子挑亮油灯,请安幼舆坐下,喊老太太备饭。

老太太看着安幼舆,激动地说:"先生是咱的恩人,不是外人,我腿脚不利索,就叫花姑子出来烫酒吧。"

安幼舆心里诧异,自己与这家人萍水相逢,何曾有恩于他们?

片刻间,一个姑娘端着酒菜出来,摆放在桌上后,就默默地站在老汉身边,一双盈盈秋水般的眸子,目不转睛地看着安幼舆。

姑娘年轻俊俏,在安幼舆眼里,简直是下凡仙女。不过,此时他又饥又冷,就算真是仙女,也比不上一碗热腾腾的肉汤。

酒菜上桌,安幼舆礼节性地寒暄了几句,就大快朵颐起来。虽然都是山间野味,味道也算不上有多好,可他还是吃得津津有味。老汉在旁边一直劝酒,很快,一壶热酒就被两人灌下了肚子。老汉又催姑娘去烫酒。

透过门洞,安幼舆看见,西间屋里有个煤火炉。姑娘拿着酒壶,拨开炭火,蹲在那里,专心烫酒。

"不知这位姑娘是谁?"安幼舆问。

"这是老夫的小女,叫花姑子。"老汉说。

安幼舆又问:"喝了您的酒,吃了您的菜,还不知道老先生该怎么称呼?"

老汉说:"老夫姓章,七十多岁,没有儿子,就这一个女儿。村里人没有奴仆侍候,因您不是外人,才把妻女叫了出来,先生别笑话才是。"

安幼舆装作不经意地问:"不知花姑子定亲了吗?"

章老汉说:"还未曾许配人家。"

听了这话,安幼舆觉得心里的石头一下落了地,便不停地夸赞她长得好看。

忽听花姑子惊叫了一声,老汉急忙跑过去看。原来是酒煮沸后,溢出壶盖,浇在炉子上,让火焰腾起来了。

老汉赶紧把火扑灭,呵斥道:"这么大的丫头啦,酒都烫不了!"

见炉台旁放着一个没编完的高粱秆芯儿插的厕神紫姑,老汉又说:"辫子都这么长了,怎么还跟小孩儿一样爱玩!"

他顺手拿过来给安幼舆看,还抱怨说:"就是编这玩意儿,把酒烫沸了。您刚才还夸她,真让人羞愧。"

那紫姑眉眼衣裙俱全,十分精美。安幼舆看了,啧啧称赞:"别看是个小玩意儿,看得出她心思聪慧。"拿在手里,反复端详,爱不释手。

两个男人推杯换盏,喝了好一会儿。花姑子频频来斟酒,嫣然含笑,却落落大方,一点也不害羞。

安幼舆借着酒意,眼睛直勾勾地看她,不觉竟动了心。

老太太在厨房里喊人帮忙,章老汉应声进去。

安幼舆趁机对花姑子说:"我见了姑娘这容貌,魂儿都丢了,想与姑娘结为百年之好,欲请人来提亲,却担心令尊、令堂不允,如何是好?"

花姑子端着酒壶,默默地在炉上温酒,装作没听见。

安幼舆又问了几次，见她不应声，就站起来，一点点地朝她身边凑过去。花姑子急忙起身，厉声说："你这么明目张胆地想干什么？"

安幼舆跪在地上，苦苦哀求。

花姑子想夺门而去，安幼舆猛然起身，从背后搂住了她，就去亲吻她的嘴。花姑子未料他如此胆大，吓得花容失色，忍不住尖叫了一声。

章老汉闻声匆匆进来。此时，安幼舆已放开了花姑子，面带惭愧，心里极其恐惧，一时不知如何是好。

花姑子却安适如常，平静地对父亲说："酒又沸了涌出来，要不是安先生帮忙，酒壶都要烧化了。"

安幼舆听罢，悬着的心才放下，对花姑子充满感激，打消了非分之想。

求欢无果，酒意上头，一时神魂颠倒，竟忘了自己身在何处，便佯醉离席。见他如此，老汉帮他铺好被褥，父女俩就出去了。

想着婀娜多姿的花姑子，安幼舆辗转反侧，一夜未睡，想着回去后要赶紧托人来提亲。于是，天还没亮，他就起床告辞了。

到家后，他立即找了一位好友，去山里做媒提亲。

等了整整一天，好友才从山中回来，告诉安幼舆，自己按照他所说的路，在山里寻了大半天，连个村子都没找见，更不要说人家了。

安幼舆觉得好友肯定是走错路了，就骑马亲自去找。

可到了原来的地方发现，四处都是陡峭的石壁、险峻的山崖，连路都没有，哪里有什么村庄。

他又去附近的村子里打听，村民说，十里八乡，很少听说有姓章的人家。

回家以后，安幼舆吃不下饭，睡不着觉，没几天，竟然落下了病。神志混乱，连喂口粥进去都会吐出来，昏昏沉沉地躺在床上，一直呼喊着"花姑子"。

家人不知何意，只能日夜守护，眼看着他要油尽灯枯了。

这天晚上，看护他的人困乏不堪，趴在旁边睡着了。迷迷糊糊中，安幼舆觉得有人在推自己。勉强睁开眼一看，竟然是花姑子站在床前。

安幼舆一下子来了精神，望着花姑子，泪如雨下。

花姑子低头看着他，微笑着说："真是个傻小子，至于这样吗？"说着便爬上床，坐在安幼舆腿上，用双手按揉他的太阳穴。

安幼舆顿时觉得脑中有一股浓烈的麝香气，穿过鼻翼，沁透骨髓。

按了好一会儿，安幼舆满头大汗，渐渐全身都被汗水浸透。

花姑子低声耳语："家里人多，我不便住下。三天之后，我会再来看你。"

说完，她又从衣服里掏出几个蒸饼，放在床头，便无声无息地离开了。到了半夜，安幼舆不再流汗，忽然觉得肚子饥饿，便拿起蒸饼吃。不知蒸饼里包的什么馅儿，吃起来非常可口，竟然一连吃了三个。

吃过后，用衣裳把剩下的蒸饼盖上，就酣然入睡了。等到上午醒来时，安幼舆觉得浑身轻松。

过了三天，蒸饼吃完，安幼舆只觉浑身清爽。想起和花姑子的约定，他早早地把家人支走，又担心花姑子来时打不开门，就偷跑出书房，把门闩全部打开。

没过多久，花姑子果然来了，一见他就娇笑着说："傻小子，还不来感谢大夫吗?"

安幼舆心领神会,抱起花姑子,一番缠绵,极为恩爱。

事后,花姑子说:"我冒着被人戳脊梁骨的罪名来找你,就是为了报答你的恩情。可是咱俩并不能做夫妻,希望你另做打算。"

安幼舆默想了半天,依然一头雾水,便问:"我与你之前素不相识,你刚才所说的恩情,我真是想不起来。"

花姑子也不告诉他,只是说:"你自己再好好想想。"

安幼舆索性求花姑子与他结成长久夫妻。花姑子说:"这样偷偷摸摸地夜夜私会,固然不行,但想结为夫妻,却更难办到。"

安幼舆一听,心里十分伤感。

花姑子安慰他说:"如果你一定要和我成亲,那明晚就到我家来吧。"

安幼舆转悲为喜,不过还是担心地说:"上次我白天去找你家,却无论如何都找不着,何况晚上黑灯瞎火的,恐怕掉下山崖,尸骨无存了。"

花姑子笑着说:"在山里迷路是常见的事,你第一次不就是迷路了?"

安幼舆问她:"路程这么远,你又没有骑马,怎么说来就来?"

花姑子说:"村东头的聋老妈是我姨,这些天我就住在她家。明天晚上你跟我一起去,我就在村头的路口等你。跟着我,你就不会迷路了。"

安幼舆心里激动,就搂住花姑子,又亲热一回。花姑子的身体异香扑鼻,让安幼舆沉溺其中,不可自拔。

他问花姑子:"你究竟熏了什么香,怎么感觉骨头里都是香的?"

花姑子笑着说:"我天生如此,从来不用香料。"

安幼舆一听，惊为天人，也不再说话，只是把脸深深地埋在她怀里，嗅着她迷人的体香，一直到天亮。

当天傍晚时分，夕阳初落，安幼舆便急不可待地骑马出了门。

花姑子果然在路口等着他。两人共骑，花姑子指路，没过多久，便看见了章家的院子。章老汉夫妇早早地就在家门口迎接，看见安幼舆，特别高兴。

酒菜已经准备好，依然还是那些不知名的野味，可不知怎么回事，安幼舆吃起来就是感觉特别香。

饭后就寝时，花姑子却迟迟没有过来。安幼舆躺着翻来覆去，一直等到深夜，花姑子才进来。一进来就抱怨说："爹娘唠叨个没完，让你久等了。"

安幼舆说："我以为你不会来了。"

花姑子悠悠地说："怎么会呢？"说着就躺在安幼舆旁边，把脸轻轻地靠在他的胸口上。

一番缱绻后，花姑子忽然对安幼舆说："安郎，今夜以后，我们就要分开了，从此以后，没有我在身边，你要照顾好自己。"

安幼舆惊讶地坐起来，问："我们才结为夫妻，你为何如此说话？"

花姑子躺在他的膝上，说："我父亲嫌这个小村太荒僻，想要搬到远方去。我们有过欢乐的时光，今夜过后，就成为美好的回忆吧。"

两人十分惆怅，躺在一起说了许多的话，却也不能化解心里的悲伤。所有的情绪都化作一声声叹息，在深山的静夜中响起，如同碎石落在幽潭里。

天亮之时，门忽然被踹开。章老汉冲进来，冲着花姑子骂道：

"你这不要脸的臭丫头,我们清白人家的声誉全都让你玷污了,做出这样的事,以后让我们怎么见人啊!"

花姑子连忙穿好衣服,惊恐地跑了出去。

章老汉对安幼舆视若无睹,也跟着出去了,嘴里骂个不休。

安幼舆睡了人家女儿,自觉理亏,羞愧不安,无地自容,赶紧捂着脸偷偷地溜走了。

回到家后,安幼舆越发不安,好几天都心神不宁,总觉得自己溜了,把花姑子一个人撇下,这件事做得太不地道了。更是猛然想起,那天晚上说好要去成婚的,虽说没有父母之命、媒妁之言,但两人情投意合,只要说清楚,娶过门来,不就是正大光明的夫妻吗?

这么一想,安幼舆想通了,便打定主意,连夜朝着章家跑去。

可是没有花姑子引路,他再一次迷路了。他越想越不对劲,为什么明明熟悉的路,却每次都会迷失?可为何花姑子就不迷失呢?难道她是……安幼舆越这么想,心里越恐惧,越想去找花姑子问清楚。

在山谷里绕来绕去,隐隐看见一座宅院灯火通明,便高兴地走了过去。

走近一看,竟是一座大宅子,不输任何豪门大户。如此荒山野岭,竟然有这样的大户人家,而且院门大敞,门口又无人值守。安幼舆心里疑惑,但也只好下马走过去,敲了敲敞开的门。

一个丫鬟走出来,看见他,就问:"你是谁?"

安幼舆说:"我来找章家,可是迷路了。"

丫鬟说:"你跟章家是亲戚吗?"

安幼舆实话实说:"并非亲戚,但是旧识,想找章家人说些要事。"

丫鬟笑着说:"既然如此,您不用打听章家啦,花姑子就在这儿呢，这是她妗子家，容我进去禀报她一声。"

她进去没多久，就出来邀请安幼舆进了院子。花姑子从房里走出来，下台阶迎接他，并且对丫鬟说："安郎走了大半夜，肯定累了，快去收拾床铺让他休息吧。"

花姑子挽着安幼舆的手进了卧室，一路都没遇见人，安幼舆奇怪地问："妗子家怎么没有别人呢？"

花姑子说："妗子出去了，我帮她看家，恰巧你就来了，真是上天注定的缘分，躲都躲不开。"

安幼舆没有再细问，搂住花姑子就想亲吻，忽然一股浓烈的膻腥味直冲鼻子，差点儿让他吐出来。这与之前体香迷人的花姑子判若两人。安幼舆刚想避开，却被"花姑子"一把搂住脖子，伸出舌尖舔他的鼻孔。

安幼舆顿时觉得不对，因为花姑子并未有如此习惯。可为时已晚，那舌头像锥子扎进脑袋一样，让他痛彻骨髓。他想挣扎逃跑，可身体又像被绳子捆住一样。只一刹那，便昏厥过去。

安幼舆一去杳无音信，家里人十分着急，四处打听。听到有人说昨日黄昏曾在山路上见过他，便举家出动去山里找。发现他时，他已赤身裸体地死在悬崖下，身上全是乌青，皮肤却没有任何损伤，看上去并非失足跌落。

家人把安幼舆的尸体抬回来后报了官，可是官府查来查去，也一无所获。

家人只好为安幼舆准备后事，全家都陷入了哀恸之中。这时，一个女子忽然号啕大哭着从大门外冲进来，趴在安幼舆的尸体上，泣不成声，哀伤欲绝。一边哭一边喊："你这个傻子，怎么傻得把命都丢了！"

家里人虽然不知道她是谁,但见她如此悲伤,也跟着一起落泪。

女子对安幼舆家人说:"千万别急着埋葬,一定要停尸七天。"

家人不明所以,问她,她也不搭理,含泪离开了。家人赶紧跟出去,却发现女子早已消失得无影无踪。家人想如此来无影去无踪,不会是哪路神仙吧?于是商量后,决定按她说的办。

晚上的时候,女子又来了,依然只是痛哭。

一连哭了六夜,也没什么奇迹发生。

直到第七夜时,家人正准备明天发丧的事,安幼舆忽然长吁一声,翻了个身,呻吟起来。家里人都吓坏了,这时女子又来了。安幼舆睁眼一看,是花姑子,挣扎着想坐起来,却动不了,只能满眼含泪地看着她。花姑子的泪珠也如断线的珍珠,扑簌簌地往下掉。生死重逢,两人相拥而泣,众人也识趣地退了出去。

花姑子拿出一把青草,煎成药,给安幼舆喂了下去。没过一会儿,安幼舆就能说话了。

安幼舆盯着花姑子说:"杀我的是你,救我的也是你。"

花姑子一头雾水,问:"我何时杀你?"

安幼舆就把那天晚上的遭遇讲了一遍,又说:"其实,死在你手里,我心甘情愿,只是你要提前告诉我,我好把家里安排妥当。"

花姑子愤怒又无奈地说:"你个傻小子,那是蛇精冒充我。你还记得第一次迷路时看见的灯光吗?那就是它。当时,要不是我父亲及时出现,你早就没命了。"

安幼舆问:"既然我死了,怎么会复活呢?莫非你真是神仙吗?"

花姑子说:"早就想告诉你了,又怕吓着你。五年前,你经过华山路上,曾在猎人手里救下过一匹獐子后放生,还记得吗?"

安幼舆仔细回忆了半天才说:"应该有这么回事。"

花姑子说:"那就是我父亲。"

安幼舆无比惊讶,看着花姑子问:"莫非……"

"没错,"花姑子说,"我也是獐子精。上次他说的大恩,便是这件事。那天晚上,你死后已经转生到西村王主政家了,我和父亲赶到阎王面前求情,起初阎王不答应,后来我父亲宁愿毁掉自己多年道行,替你去死,哀求了七天七夜,才得以恩准。所以我们还能在此相见,实在是万幸。"

安幼舆一听,捶胸顿足地大哭起来:"我安幼舆何德何能,能让别人替我去死。"

花姑子安慰他道:"事已至此,多说无益。只是你虽然活过来了,却因身体有蛇毒,必定瘫痪,需要将蛇血兑酒喝下去,才能化解蛇毒。"

安幼舆说:"蛇妖肯定本领强大,我如今瘫痪在床,如何才能捉到它?"

花姑子长叹一声说:"其实倒也不难,只是杀生会连累我百年不能得道升天罢了。蛇洞就在华山老崖下,你叫人在午后去洞口用茅草燃起大火,再让猎人在洞外用强弓守候,待它出来,就一定能捉住。"

安幼舆说:"那你怎么办?"

花姑子流泪说:"我只遗憾不能与你相伴终身,为了救你性命,我的道业已经损失了七分。这一个月来,常觉得腹中微动,想必是怀孕了。孩子生下来,一年后我一定给你送过来。"说完,抹了一把泪,就匆匆离去了。

安幼舆想起来,发现下半身毫无感觉,就跟没有腿一样。他使劲捶了几下,也毫无痛痒感。他把家人叫进来,把花姑子的话告诉了他们。

家人出去招募猎人。因为安幼舆平时经常照顾猎人的生意，所以听说是帮他的忙，周围十里八乡的猎户都赶了过来。

众人一起来到华山老崖下，果然发现一个黑黝黝的洞穴，于是就堆上茅草，在洞口烧起了大火。

没过多久，一条海碗粗的大白蛇从浓烟里钻了出来，众猎人一起放箭，把白蛇射成了筛子。等火熄灭后，大家进洞一看，里面竟然有几百条大小不一的蛇，不过都已经被烧焦了。

家人把白蛇运回家，煎蛇血给安幼舆喝下。连服三天后，安幼舆的双腿渐渐能活动了，但直到半年以后，才能下床行走。

长久卧床的安幼舆无比思念花姑子，等他刚能走路，就赶紧到华山去找她。不过，并未见到花姑子，只是在山谷里见到了章老太。

老太太抱着一个婴儿交给他说："女儿向你问好。"

安幼舆想向她询问花姑子的消息，可是老太太忽然迅速奔跑起来，转眼就不见了。安幼舆心想："果然是獐子，腿脚如此之好。"

他把襁褓打开，里面是个小男孩。抱回家后，精心抚养成人。

不过，他终生未娶。

阿纤

奚山是山东高密人，这些年外出做生意，常常来往于蒙阴和沂水之间。

在一次行商途中，奚山遭遇了暴雨，他赶紧找地方投宿。

他赶到经常留宿的地方，发现所有旅店都关门了。此时，夜已深，雨还没有要停的意思。无处可去的奚山，只好徘徊在一户人家的门檐下。正在苦恼彷徨之际，这户人家的门打开了。

门里走出来一个老汉，一副仙风道骨的模样。

"客人，快进来避避雨吧。"那老汉说。

"多谢老伯！"奚山高兴地跟了进去。

进了院子，奚山拴好毛驴，跟着老汉来到堂屋。堂屋里空荡荡的，连日常用的床铺桌椅都没有，奚山很是纳闷。

那老汉仿佛看懂了奚山的意思，就说："我看你实在无处可去，才请你进来，我家不像那些开旅馆的，寒碜了些，还请不要介意。"

奚山赶紧说不介意，这时候又冷又饿，能有个地方落脚已经很好了。

"我家也没什么人，只有老妻和弱女，但都已睡下。"老汉说。

"实在是感激。"奚山赶紧说。

老汉又问奚山："客人怕是饿了吧？家里还有点隔夜的饭菜，

您要是不嫌弃，我给您端来，将就一下如何？"奚山连忙道谢。

老汉进内室把饭菜端出来，还顺手拿了一条矮凳，请奚山坐下，他又进去搬了一张短腿茶几出来。

看老汉跑来跑去，忙忙碌碌，奚山心里很是不安，拉住他说："老伯不用太客气，坐着说说话吧。"

老汉这才坐下来，跟奚山说起了话。

二人正在闲谈，从内室里忽然出来一个女子，端起酒杯给他俩斟酒。

"这是我闺女阿纤。"老汉向奚山介绍。

奚山看这姑娘，有十六七岁，身材窈窕，容颜秀丽，举止优美动人。他心中不由得盘算起来，家中小弟还未成婚，如能与这姑娘喜结连理，岂不是一桩美事！

打定主意后，他就向老汉询问家中详情。

老汉说："老汉我姓古，名叫士虚。儿孙早夭，只剩下这个女儿。刚才不忍心打搅她睡觉，想必是老伴儿把她叫起来的。"

"冒昧地问下老伯，女婿家是哪里人？"奚山进一步探听。

"唉！至今还未许配人家。"古老汉答道。

奚山心里暗暗高兴。

说是隔夜饭，可是上来的酒菜就好像提前备好的一样。奚山和古老汉推杯换盏，聊得相当投机。

"萍水相逢，蒙老伯留宿，在下不胜感激。"奚山恭敬地说。

"嘻！客人说这话就远了。"古老汉像个熟人那样摆了摆手。

不过奚山并未留意这些，他心里想的全都是弟弟的婚事。

"老先生肯定是德高望重之人，我想冒昧地提一件事，不知当讲不当讲？"奚山终究还是开了口。

古老汉微笑地说:"乡野人家,担不起德高望重这个词。先生有话还请直言便是。"

"说来也是一件好事。"奚山说,"在下有一个弟弟叫三郎,十七岁了,如今还在读书。"

古老汉默默地看着奚山,等着他继续往下说。

"他的品行还不错,如今也到了娶妻的年龄,我就冒昧地想要高攀老先生结一门亲事,不知道老先生会不会因我家贫而嫌弃?"奚山把刚才所想的事,一股脑地说了出来。

"好啊!"古老汉非常爽快地答应了,"其实老夫也是寄居在这里,如果能和你这样的大户人家结为亲家,老夫求之不得。"

"那咱们就这么说定了。"奚山没想到,事情竟然这么顺利。

"定了。只不过……"古老汉似乎有什么顾虑。

"老伯有何忧虑,但讲无妨。"奚山反客为主道。

"我只有这一个女儿,担心日后思念小女,所以还想请先生借我一间房子暂住。"古老汉说。

"既然结成一家人,这种小事自然没问题。"奚山爽快地说。

婚约既成,古老汉便殷勤地安排奚山住宿。第二天,鸡刚打鸣,古老汉就催奚山起床洗漱。

奚山收拾妥当,拿出饭钱给古老汉。

古老汉生气地说:"咱们都是亲家了,还要这么见外吗?"

奚山也不好再强求,与古老汉作别后,匆匆踏上了行商之途。

转眼一个月过去,奚山才从别处返回,路上想起给三郎寻的这门好亲事,心中喜悦万分。

经过上次留宿的村子时,奚山正想要不要再去古老汉家探望一番,忽然看见不远处一个老太太领着一位姑娘朝自己这边走来。

两人都穿着白色孝服，奚山发现那姑娘看上去特别眼熟，等她走近，奚山才觉得那姑娘像是古老汉的闺女阿纤。

那姑娘也打量着奚山，随后又在老太太耳边说着什么。奚山好生纳闷，心中竟然莫名生出些不祥之感。

过了一会儿，老太太走到奚山面前问："先生贵姓奚吗？"

奚山赶紧回答："鄙人奚山，老人家莫非是古大娘？"

老太太果真是古老汉的老伴，那姑娘也正是阿纤。奚山惊异地向老太太问起因何披麻戴孝。

老太太神情悲戚地说："飞来横祸，墙壁倒塌，老头子不幸被压死了。"

"啊？"奚山十分震惊，没想到竟发生了这样的事。

老太太对他说："我和阿纤正要去上坟。"

奚山赶紧问："晚生要不要也去祭拜一下？"

老太太摇摇头说："不必了。请先生在路边稍等，我们去去就回。"

母女俩祭拜完后，带着奚山一起往回走。此时，天已至黄昏。一路上，老太太诉说着自己和女儿的不幸，伤心痛哭，让奚山听了，也不免惆怅。

老太太忽然停住哭声说："此地的人很不善良，我们孤儿寡母很难活下去。阿纤既已是你弟媳，不如今晚我们就与你一起回去吧？"

奚山赶紧说："只要您同意，自然没问题。"

三人到了古家，吃完饭后，老太太对奚山说："我们估摸着你快回来了，就把家里的存粮都卖了，如今还剩二十多石，因为不知道你的确切归期，今天还得烦劳你卖出去。"

奚山心里诧异，为何她们连自己返回的日期都能算出。

老太太没等他询问，就接着说："往北四五里，有个村子，村里第一家，家主叫谈二泉，便是买主。得劳烦先生您去一趟。"

"我到了那里说什么？"奚山问。

"先用您的驴驮一袋去，敲开门后告诉他，南村古姥姥家有几石粮食，想卖了当路费，麻烦他赶着牲口来运。"老太太说完，就把一口袋粮食交给了奚山。

奚山赶着驴驮着粮食到了那个村子，来到第一家门口，敲了敲门。

一个大腹便便的男人出来。奚山把老太太的话对他复述了一遍，放下粮食，就骑着驴先回来了。

没过多久，就有两个仆人赶着五头骡子过来。

老太太领着奚山来到藏粮食的地窖里。奚山下去用斗装粮食，老太太在上面和阿纤忙着记账。

一会儿工夫，粮食袋子就装满了，老太太打发他们先回去。如此这般，来回四次，才把地窖里的粮食全运完。

双方算清了账，老太太把钱收好，又留下谈家的一个仆人和两头骡子，收拾好行装后，带着阿纤，跟奚山启程回家了。

一行人走了二十里，天才蒙蒙亮，到了一个集镇上，老太太在市场里重新租了马车，就打发谈家的仆人回去了。三人赶着车来到奚家，见到了奚山父母。

奚山把事情的来龙去脉讲了一遍，父母也很高兴，赶紧让人收拾了一间房子，让古家母女住了下来。

双方又选了个好日子，让三郎和阿纤完了婚。

婚后，小两口相敬如宾。阿纤平时寡言少语，但性情温和，但凡有人与她说话，她总是微笑应答。另外，她非常勤快，自从过门，

阿　纤

白天纺线，晚上织布，全家老小都非常喜欢她。

阿纤屡次叮嘱三郎说："你跟大哥说，出门做生意时，切莫向外人提起我们母女。"三郎不明所以，也就没太在意。

过了三四年，奚家越来越富裕，三郎也入了县学。奚山依然出门行商。有一回，他投宿到原先古家隔壁的邻居家里。

和主人闲聊时，奚山说起自己昔年投宿隔壁古家的事。

"您肯定记错了。"主人非常惊诧地说。

"怎么会记错？历历在目啊。"奚山肯定地回答。

"东边是我大伯的一处别墅，荒废许久了，怎会有老头、老太太留您住宿呢？"主人说。

"我确信无疑。"奚山有些急了。

"您这么一说，我还真想起了一件事。"主人忽然神秘地说，"三年前，这里的人经常见到怪异的事。"

"啊？"奚山吓了一大跳。

主人说："那座宅子空了十年，长期无人。有一天坍塌，大伯去查看，见石块下压着一只大老鼠，有猫那么大，尾巴还在摇晃。大伯赶紧招呼了不少人一起去，却发现那只老鼠已经不见了。"

"后来呢？"奚山忙问。

主人接着说："大伙怀疑房子里有妖怪。可过了一阵子，又进去查看，什么也没见着。又过了一年多，才有人敢进去住。"

奚山心里无比震惊，怀疑自己碰见了诡异的事。但家丑不可外扬，他也没有多说，心里打定主意，回家后一定要弄个水落石出。

回家后，奚山悄悄地把这件事告诉了自己的父母。

父母一开始不相信，经过奚山的分析推敲后，这才觉得蹊跷。但又不知如何跟三郎提起，只能为他暗暗担心。

三郎和阿纤恩爱如常，可家中人议论久了，阿纤多少有些察觉。只是三郎还蒙在鼓里。

一天半夜，阿纤忽然问三郎："三郎，我嫁给你这几年，有没有做过对不起你的事？"

"娘子何出此言啊？"三郎奇怪地问。

"近些日子，我觉得家里人看我的眼神特别怪异。"阿纤说。

"是娘子多虑了吧。"三郎赶紧安慰阿纤。

阿纤摇摇头说："并非如此，如今他们已不再把我当人看。三郎不如给我一纸休书，让我离开，你再找一个好妻子就是了。"阿纤说着，伤心地落了泪。

三郎急切地说："我对你的心，苍天可鉴。自从你过门，家里的光景越来越好，这些都应归功于你，怎么还会有人说你的闲话呢？"

阿纤说："三郎没有二心，我自然知晓，但众口铄金，恐三郎也抵不住流言蜚语，终有弃我之日。"

三郎站起来，大声发誓："我对天发誓，此生绝不负娘子，如有违背……"阿纤赶紧捂住了他的嘴。这件事才算是告一段落。

可是奚山心里始终放不下这件事。他想，如果阿纤是老鼠精，肯定怕猫。于是整天到外面找善于捕鼠的猫，买回来放养在院子里，以此来试探阿纤。

可是，阿纤似乎一点也不在乎。

一天晚上，阿纤对三郎说母亲抱恙，自己要去探望母亲。等天亮后，三郎去岳母的院子里问候，却发现早已人去楼空。

三郎急坏了，派人到处寻找阿纤母女。但是四处寻遍，却无音信。他心里牵挂阿纤，终日茶不思饭不想。而三郎的父兄却暗自庆幸，都来劝慰三郎。

奚山说："那阿纤看着就不是正常人。"

三郎反问："哥哥说这话，可有什么凭据？"

奚山说："你要相信哥哥，我还能害你不成？"

"谁心里苦，谁知道。"三郎答非所问，然后就不再理奚山。

奚山没有办法，只好把父亲请了过来。

"大丈夫何患无妻，赶明儿再给你娶一个就是了。"父亲说。

"我只要阿纤。"三郎说。

"孽子，这事可不是你说了算的。"父亲霸道地说。

三郎不再说话。他知道，在这个家里，父兄有绝对的话语权。反正现在也寻不见阿纤，能拖一天是一天吧。

等了一年多，阿纤还是没有消息，三郎不禁心灰意冷。在父亲和哥哥的强迫下，他不得不买了一个妾。但是奚家的日子，自阿纤走后，却一天天衰败下去。慢慢地，大家都念叨起了阿纤的好。

"要是阿纤在就好了。"奚母常常这样说。

可是阿纤却一直没有出现，就像在这个世界上消失了一样。

有一天，三郎叔叔家的堂弟奚岚有事去胶州，途中绕道去看望表亲陆生。晚上听见隔壁有人在啼哭，但行程紧急，就没来得及打听。等从胶州办完事后，再回到陆生家，隔壁的哭声依然不停。

奚岚很奇怪，就问陆生："隔壁为何总有人哭哭啼啼？"

陆生说："几年前有寡母孤女二人租住在这里，上个月老太太死了，只剩姑娘一人居住，孤苦无依，所以才悲伤啼哭。"

奚岚问："她姓什么？"

陆生说："好像姓古，但她家的门经常关着，平日里并不和邻里来往，所以对她的家世不太了解。"

"不会是我嫂嫂吧?"奚岚惊讶地说,"快带我去拜见。"

陆生领着奚岚来到隔壁。奚岚上去敲门,听到女子哭着来开门,快到门前时,哭声才止住。

"你是谁呀?"女子问。

奚岚从门缝中仔细一瞧,果然是嫂嫂阿纤,便赶紧说:"嫂嫂开门,我是奚岚。"阿纤听见,犹豫了一下,便打开了门。

也许是看到奚岚,让阿纤想起了三郎,忽然又失声哭了出来。

奚岚赶紧说:"嫂嫂,三哥因思念你,如今形容憔悴。夫妻之间,有什么说不开的,何至于跑到这么远的地方来呢?"

阿纤没有说话,只是低头抽泣。

奚岚劝道:"嫂嫂还是跟我回去吧。把你一个人留在这里,让三哥知道了肯定要骂我。"

阿纤还是不说话。奚岚以为她已经默许,就让陆生帮忙雇车拉嫂嫂回去。

阿纤却摇摇头说:"我不会回去的。当初他们家人把我当成怪物,我也是不得已才和母亲隐居于此。如今母亲操劳而死,我怎有脸回去。"

奚岚十分为难,就问:"如果要嫂嫂回去,该怎么做才好呢?"

阿纤说:"现在回去,别人难免又会说三道四,如果三郎真心想和我一起过,就和大哥分家。"

"我回去一定把嫂嫂的话带到。"奚岚毕竟是外人,不能代替三郎一家胡乱应承。

阿纤决绝地说:"如果不能分家,我便绝不会回去,与其忍受别人的闲言碎语,我还不如吃毒药死了算了!"

"嫂嫂千万不要想不开。我现在就赶回去,把嫂嫂的话告知三哥。"奚岚没敢耽搁，说完就骑马启程了。到家后，就把阿纤的话原原本本地告诉了三郎。

三郎连夜就跑去找阿纤。夫妻相见，自免不了一番悲切和温存。当夜一切谈好，打定主意要回去。第二天一大早，阿纤就与房东告别。

房东谢监生见阿纤美貌，又没有成婚，早有纳阿纤为妾的想法，所以好几年都不收她家的房租。

以往也多次向阿纤的母亲暗示，但都被老太太拒绝了。老太太去世后，谢监生暗自庆幸，打算强娶阿纤。谁知此时三郎忽然到来，要把佳人带走。他一怒之下，想起这几年的房租，就试图用这事拖住阿纤，棒打鸳鸯。

三郎家这几年光景惨淡，一下拿不出这么多银子。

阿纤说："这算不上什么大事，你随我来。"

她领着三郎去看自家的粮仓，里面囤了大约有三十石粮食。

阿纤说："拿这些粮食去付房租绰绰有余了。"

"娘子真是有心人。"三郎高兴极了，就去找谢监生。

可谢监生故意刁难三郎，不要粮食，只要银子。

阿纤生气地说："这都是因为我惹的麻烦啊！"三郎不解，阿纤就把谢监生图谋纳自己为妾的事告诉了他。三郎大怒，要到县里去告谢监生。

陆生毕竟是谢监生的邻居，不想跟对方起冲突，赶紧劝阻了三郎，又帮他把粮食卖了出去，把钱给了谢监生，事情才圆满解决。

回家后，三郎向父母如实讲了经过，父母本就心中有愧，也没有再从中作梗。三郎便和哥哥顺利分了家。

阿纤拿出自己的私房钱，连日建造仓房。初分家时，家中连一石粮食也没有，可一年以后，仓中粮已囤满。

没过几年，三郎家便富裕起来，而哥哥奚山却越过越穷。阿纤便把公婆接过来赡养。不仅如此，她还不计前嫌，经常拿银子和粮食周济大哥奚山。

"娘子真是大度啊。"三郎夸赞阿纤道。

阿纤微笑着说："当初大哥那般做，也是为了你。况且如果不是他，我哪有机会结识三郎呢？"

经过上次的事，三郎和阿纤更加珍惜彼此。

而家里也再没有人提起老鼠的事，也从未有人见过阿纤变身为老鼠。

阿英

甘玉是江西庐陵人。他的父母很早就去世了，只留下一个五岁的弟弟甘珏。没有父母在，甘玉便独自抚养弟弟长大。

甘珏渐渐长大，不仅生得一表人才，而且写得一手好文章。

甘玉对这个弟弟特别满意，常对朋友夸奖说："我弟弟才貌出众，必须得找个好老婆。"然而正是由于哥哥过分挑剔，弟弟甘珏一直没有找到合适的对象。

夏日暑气重，家里闷热，甘玉便到山中匡山寺里去读书。

一日，百无聊赖，甘玉躺在床上看着月光出神儿，却忽然听见窗外有女子的说话声。他十分好奇，轻轻地从床上爬起来，蹑手蹑脚地到窗前偷看。

窗外有三四个女子席地而坐，她们个个貌如天仙。还有几个婢女正在一旁侍候着，摆酒端菜。

深山古寺，深更半夜，哪里来的女子？甘玉正在纳闷，忽听其中一个女子说："秦娘子，阿英怎么没来？"

另一个女子说："昨日她从函谷关来时，被恶人伤了，怕是来不了了。"

又一个女子接话："我前夜做了一个噩梦，如今想来还有些惊悚。"

秦娘子摇手阻止说:"快别说了,难得今晚姐妹们欢聚。"

那个女子嘲笑她:"看你胆小的样子,难道真怕有虎狼把你叼走吗?"

"不是胆小,是你们没见过。"秦娘子说。

"我不说也行,你得给大家唱首歌助兴。"那女子打趣道。

秦娘子拗不过,便开口唱:"闲阶桃花取次开,昨日踏青小约未应乖。嘱咐东邻女伴少待莫相催,着得凤头鞋子即当来。"

歌声悠扬婉转,十分动人,女子们纷纷夸赞。

"且莫要嘲笑姐姐,你也唱上一曲如何?"秦娘子转身对那女子说。

"我这破锣嗓子,还是不要献丑了。"那女子说着,咯咯大笑起来,引得其余几个女子也一通哄笑。

几个天仙一样的女子笑得花枝乱颤。甘玉看得入了迷。

就在此时,一个高大的黑脸汉子从外面闯了进来。他有一双鹰一样凶狠的眼睛,相貌狰狞,一看就非善类。甘玉正想出声警告那些女子,她们就已经发现了。

"妖怪来了,快跑!"女子们大惊失色地叫喊着。

女子们如惊弓之鸟,一哄而散,只留下唱歌的秦娘子,因身体羸弱,落在了后面。刚跑出几步,秦娘子突然跌倒,抬起头时,那黑脸汉子已经来到眼前。

"求求你,放过我吧。"秦娘子挣扎着哀求道。

黑脸男人完全不听她说话,狞笑着把她抓起来,一口咬断了她的手指。

秦娘子痛苦地躺在地上,挣扎了一下,就不动了。

甘玉怜悯之心顿起,再也忍耐不住,急忙抽出剑,开门冲出去,向那男人一剑砍去。那男人躲闪不及，被砍掉了大腿，痛呼一声跑掉了。

甘玉扶着秦娘子进屋来。秦娘子面如土色，血流满了衣裳，她的右手拇指已经断了。甘玉撕下一块布，帮她包扎了伤口。

秦娘子低声说："谢谢先生救命之恩。"

"举手之劳。不必言谢。"甘玉说话时忽然生硬起来，此时他脑子里想的却是弟弟甘珏的婚姻大事。

秦娘子又说："我欠你这么大的恩情，该如何报答呢？"

甘玉想了想，有些不好意思地说："这个……谈不上报答。但小生确实有件事，想与姑娘商量。"

"先生有话，直言相告便是了，就是上刀山下火海，我也必定前往。"

"那倒不至于。不知道姑娘哪里人，可曾婚配？"

秦娘子双颊一红，说："小女子姓秦，尚未婚配。"

甘玉大喜，就把自己弟弟甘珏的情况跟秦娘子介绍了一遍，又说："我家虽然算不上富贵，但我弟弟的人品、才华绝对可靠。如你愿意，我想促成你们俩的这段姻缘。"

不料秦娘子却说："像我这样残疾的人，已经不能操持家务了。你应当为令弟再找一个更好的。"

甘玉摆摆手："姑娘天仙似的人物，我弟弟若能娶到你，已经是三生有幸了。"

秦娘子看看自己的手，叹了口气，说："令弟以后会有更好的姻缘的。"

秦娘子如此拒绝，甘玉也不好再勉强，便点点头，说："是我唐突了。"说完他转身去收拾好床铺，嘱咐秦娘子早些歇息，自己则抱着铺盖去外面睡去了。

第二天一大早,甘玉做好饭端来给秦娘子,敲门后却无人应答。等了半晌,甘玉推门进去,发现屋里面已经空无一人。

甘玉猜想,秦娘子估计是自己回家了。只是她不辞而别,让甘玉心中隐约觉得有些怪异。且不说她还有伤,如何赶路。光是她和那些女子离奇地出现在荒山中,就足够奇怪了。原本甘玉还想,今天可以详细问问,待她伤愈后再送她回家。结果人就这么消失了。

甘玉无法,只能暂且作罢。

回家后,甘玉跟弟弟甘珏说起这件事,言语之间满是失落,像是弟弟的一段好姻缘被他葬送了一般。反而是甘珏一点没放在心上。

这之后甘玉又去寺里读书,再没有遇到过秦娘子,渐渐也就忘了。

几个月后,有一次甘珏到野外游玩,遇见一个十五六岁的少女。那女子风姿绰约,却一个劲地看着甘珏笑,像是有话要说。

甘珏好奇地走上前去。她就问甘珏:"你可是甘家的二郎吗?"

甘珏拱手道:"在下正是甘二郎。"

那女子一拍手,说:"那就是了。"

甘珏不解:"什么那就是了?"

女子却笑了起来,问甘珏道:"令尊曾给你我订过婚约,你可知道?"

甘珏还是一头雾水:"姑娘是不是认错了人?小生自幼父母双亡,受家兄抚养长大。这么多年,从未听兄长说过有这件事。"

"可是我怎么听说,你哥哥这两年到处给你找媳妇?"

甘珏这下彻底蒙了:"什么媳妇?"

"提示你一下,你那未过门的媳妇姓秦。"

阿 英　　　　　　　　　　　　　　　　　　　　　207

"啊！"甘珏忽然想起来，哥哥在寺中读书时，偶然回家跟自己说过的事。他挠了挠头，红着脸说："那件事怎么能算数呢？"

"哈哈……你这人真呆。"那女子捂着嘴笑了一会儿，又问甘珏，"既然你还没有定亲，那你觉得我怎么样？"

甘珏何曾见过这样热情的女子，结结巴巴地回答："什……什么怎么样？"

"咱俩做夫妻如何？"

甘珏的脸更红了。从小到大，他的一切都是由哥哥说了算，忽然有人要给他做老婆，这等大事，让他有些不知所措。

"这个……这个……我得回家问问我哥。"甘珏说。

那女子笑得更厉害了："看来你不仅呆，而且傻。自己娶老婆，还要问你哥？"

甘珏无言以对，呆呆地站着，脸红得跟猴屁股一样。

那女子看甘珏尴尬，就收起笑容，不再逗弄他。认真说道："我姓陆，住在东山望村。你回去问你哥哥吧。三天之内，我在家等你的回信。"

说完女子便扭头离开了。

甘珏回家之后，跟哥嫂讲起了这件事。

甘玉说："简直是胡说八道！父亲去世时，我已经二十多岁了，如果真的定过亲，我怎么不知道？况且一个年轻女子，独自在野外行走，还与男子随便搭话，肯定不是什么良家妇女。那女子长什么模样？"

甘珏只是闷头听着，并不答话。

甘玉的妻子笑着说："弟弟不说话，想来一定是个美人？"

甘玉不屑地说："小孩子哪分得出美丑？再美，会有秦姑娘美吗？等他跟秦姑娘的婚事成不了再说。"

甘珏不敢跟哥哥顶嘴，只好默默地退了下去。

又过了几天，甘玉在路上遇到一个女子在街头哭泣。走到跟前，甘玉发现那竟然是个举世无双的美丽少女。他勒住马，问那女子："姑娘可是遇到了什么难事？需要帮忙吗？"

那女子说："我小时候被许配给甘家二郎。后来因为家里穷，搬到很远的地方去了，自此跟甘家断绝了音信。最近刚回来，听说甘家要背弃婚约。我想去问问他哥，我究竟该怎么办？"

甘玉愕然："我就是甘家大郎。你说的婚约，先父在世时从未提起过。我不知情啊！"

那少女止住抽泣，埋怨道："你这个做哥哥的，忒不讲理。就因为你不记得，就要毁掉婚约吗？我往后还有什么面目见人？"

甘玉一想也对，万一是自己记错了，可就害了弟弟和这位姑娘了。于是他说："此处离我家不远，咱们到家里再商量吧。"

那少女点点头答应了。甘玉便把自己的马给那少女骑上，自己牵马步行。少女骑在马上边走边说："我小名叫阿英，家里没有兄弟，只有一个表姐秦氏和我住在一起。"

甘玉愕然："秦姑娘？难道是……"

"就是她。"

显然，阿英就是甘珏曾遇见的那个少女。

甘玉突然想起当初她想促成秦姑娘和弟弟的婚事时，秦姑娘说甘珏还有更好的姻缘。原来她说的就是阿英。难道说……父亲真的曾为甘珏定过一门亲？

甘玉说："既然如此，只要舍弟同意，你们的婚事我自然会去操办。只是我父母已经去世，只能由我作为家长，去拜访你家父母，才合礼数。"

阿英简单干脆地说："不行。"

"这是为何？"

阿英却不解释："不行就是不行。"

甘玉想起了甘珏的话，觉得阿英确实为人直率得有些轻佻。虽然长得俊俏，只怕婚后会因此招人议论。

这样想着，甘玉已经到了家门口。

甘珏见到阿英后非常高兴。甘玉问他们的意思，两人都对这段姻缘很满意。只是阿英怎么也不肯同意甘家兄弟去见自己的父母。甘玉只好就在家中为他们办了婚事。

让甘玉惊喜的是，婚后的阿英矜持端庄又温柔体贴，对嫂子更像对待自己母亲一样。惹得邻里都非常羡慕。他也暗自为弟弟娶得贤妻而高兴。

转眼到了中秋佳节，甘珏夫妻俩在屋里吃酒说笑。嫂子派下人来邀请阿英去赏月。甘珏正喝得高兴，很是不舍。阿英就让下人先回去，说自己马上就到。

下人走后，阿英继续和甘珏吃酒玩乐，丝毫没有离开的意思。甘珏怕嫂子等不及，就催她快去。阿英却只是笑，一杯又一杯地喝酒，仿佛听不见甘珏的话一样。

第二天一早，阿英刚梳妆完，嫂子就过来了。她一见面就问甘珏："昨日阿英过来时，似乎有些闷闷不乐。你跟嫂子说，是不是欺负阿英了？"甘珏愣在当场，昨夜阿英明明一直和自己待在一起啊。为何嫂子会这么问呢？他扭头看向阿英，阿英只是淡淡地笑了一下，并没有解释。

甘珏对嫂子说："没有没有，许是阿英昨夜有些困倦了。"

阿英也点点头,嫂子这才离开了。

吃过早饭后,甘珏偷偷去找兄长,把这件奇事告诉了甘玉。甘玉顿时害怕起来。两人商量许久,还是觉得,毕竟阿英是他们的亲人,无论如何,要先去问问她再说。

于是甘玉找到阿英,问她:"阿英姑娘,我不知道你是懂分身之术还是有什么奇遇。总之,我们家祖祖辈辈行善积德,从来没有跟任何人结下过仇怨。如果你真是妖怪的话,请马上走,别伤害我弟弟!"

阿英似乎早知道他会来,神情哀伤地说:"都怪我昨夜喝多了酒……可我从没害过你们啊!"

甘玉说:"我知道,我们也把你当家人,所以也请你对我们不要有所隐瞒。"

阿英这才解释说:"我确实不是人类。只因你父亲在世时订的婚约,所以秦家表姐也劝我来完婚。我不能为甘家生儿育女,也曾经想过偷偷离开,之所以恋恋不舍,就是因为你们待我太好了。如今既然被识破,那就从此永别吧!"

说完,阿英原地转了个身,竟变成一只鹦鹉飞走了。

原来,甘父在世时,曾养过一只鹦鹉。那只鹦鹉聪明伶俐。有一次,三四岁的小甘珏问父亲:"养鸟干什么?"甘父便开玩笑说:"给你做媳妇啊。"

有时鹦鹉没食吃了,甘父就喊甘珏说:"还不赶紧拿吃的给你媳妇!"家里人也都拿这话来取笑甘珏。后来,鹦鹉挣断锁链,不知飞到什么地方去了。

甘玉想起这一切,才醒悟阿英说的婚约指的就是此事。

阿英变成鹦鹉飞走后,甘珏虽然明知道她是妖怪,但仍然控制不住自己想她。嫂子想起阿英在时一家人其乐融融的情景，更是整天地伤心落泪。甘玉虽然也很后悔，却也无可奈何。

两年之后，甘玉又为弟弟甘珏聘娶了姜氏女。可甘珏仍然经常闷闷不乐。

甘氏兄弟有个表兄在广东做司理。这一年，甘玉去广东探望他。恰在这时，庐陵有土匪作乱。许多地方都被战火波及。甘珏非常害怕，便带着全家人躲进了山谷里。

山谷里避难的人很多，大家乱哄哄地挤在一起。甘珏把家人安顿在一起，唯恐有人走失。正忙乱时，他忽然听见有个女子小声说话，那声音听上去很像阿英。

甘珏走近一看，果然是阿英。甘珏高兴极了。这时，阿英和同行的人要从山谷里离开，甘珏哪里肯，他紧紧握住阿英的手，不肯放她离开。

阿英无奈，只好对同行的几位女子说："姐姐们先走吧，我去看看嫂子就来。"

甘珏很高兴，就带着阿英来到嫂子跟前。嫂子看见她，高兴地哭了起来。阿英劝她说："嫂嫂，这个山谷不安全，还是赶快回家躲一躲吧。"

甘珏不解："可是村里有土匪作乱。"

阿英答道："不要紧。我和你们一同回去。有我在，放心吧。"

当日，一行人便回到了甘家。阿英撮了一些土，拦在门外，对嫂子说："嫂嫂安心在家待着，千万不要出门。"

交代完这些，阿英转身就想离开。

嫂子急忙握住阿英的手腕，又叫两个婢女拦住阿英。她说："阿英，我不管你是人还是妖，我只知道咱们是一家人。往后我们还像以前一样,一起过日子吧!"

阿英没奈何,只好住下了。但住下归住下,阿英却不跟甘珏说话,更不到他房里去。甘珏叫了她三四次,她才见甘珏一次。

嫂子看出两人还有芥蒂,便告诉阿英,甘珏对姜氏一直不满意,因为他的心里一直记挂着她。

自此之后,阿英便每天早上起来为姜氏梳妆打扮。梳理好了头发,又细心地为她搽匀脂粉。收拾完后,姜氏比往日漂亮了好几倍。不过三四天工夫,姜氏竟然变成了一个大美人。

嫂子觉得好神奇,就私下问阿英:"你是如何做到的?"

阿英轻描淡写地说:"其实所有女子都可以变美。只是她们不知道方法而已。我懂一些相术,再使一些小伎俩就能做到。这也算不上什么。"

嫂子的眼睛亮了:"既然如此,阿英能不能帮我一件事?"

阿英道:"嫂嫂对我这么好,什么帮不帮的,你尽管说,我一定尽力做到。"

"俗话说,不孝有三,无后为大。甘家到了甘珏这一辈,一直没能生个儿子。所以嫂子想着,在婢女里挑一个有生儿子相的,好给甘家续上香火。"

阿英道:"此事容易,你把她们都叫来我看看便是。"

嫂子就把所有的婢女叫来,让阿英一个一个地看面相。

经过一番比较,阿英选中了婢女中那个又黑又丑。她把这个婢女带在身边,亲自给她梳洗打扮。过了几日,这个婢女的脸渐渐由黑变黄。又过了几日,脂粉的光泽慢慢沁入肌肤,居然也变成了一个美人儿。

一天夜里,村里忽然响起一阵吵闹声。只听得门外喊杀声震天。

全家人都吓得不知怎么办才好，只能躲在屋子里不出来。等天亮以后，众人才知道村里已被烧光抢尽了，凡是藏在山谷里的人，都被抓或被杀了。

甘家人都很感激阿英。阿英对嫂子说："我这次来，就是来帮嫂嫂渡过这一劫的。"

嫂子吃惊地问："难道你又要走了吗？"

阿英苦笑："哥哥不久就要回来了。我毕竟不是人类，待在这里赖着不走，不伦不类的，让人笑话。"

嫂子看阿英态度坚决，知道再强留她也没用，便问她："你哥哥在路上没事吧？"

阿英说："哥哥最近有大难。但秦家姐姐曾受过哥哥的恩惠，我想她一定会报答他的，所以不会有什么事。"

嫂子准备了简单的酒席，陪阿英喝酒，算作饯行。天快亮时，阿英便悄无声息地走了。

过了不久，在外的甘玉听说家乡闹匪患，便日夜兼程地往回赶。谁知路上竟遇到贼寇。

甘玉主仆二人赶紧把马扔了，把银子装起来，钻进了棘丛中。贼寇越走越近，眼看着就要发现他们了，千钧一发之际，一只八哥飞落到荆棘上，张开翅膀遮挡住了他们。

主仆二人吓得大气都不敢出，直到贼寇们都走光了，甘玉才回过神来。看看盖着自己的鸟指头断了一根，正纳闷呢，那只大鸟却扑棱棱地飞走了。

回到家后，甘玉向家人讲起自己在路上的遭遇时，才恍然大悟，原来那只八哥就是自己曾救过的秦姑娘。

再后来，每当甘玉外出不回来时，阿英晚上便过来陪嫂嫂。如果算着甘玉要回来了，第二天她便会早早地离开。甘珏有时在嫂子房里遇到阿英，瞅机会就邀她到自己屋里去，阿英只是答应着，却并没有去。

有天夜里，甘玉又出门了。甘珏想到阿英一定会来，就藏在嫂子屋外等她。

过了不久，阿英果然来了，甘珏忽然跑出来，把她拦住，硬要她到自己房里去。

阿英说："甘郎，我与你的情缘已了。如果非要强行在一起，恐怕会遭天谴的。大家不如留些余地，以后我们还可以常见面的。"

甘珏自然听不进去，拉着她行了夫妻之事。

天亮之后，阿英才去见嫂子，嫂子怪她为什么昨夜没来。

阿英羞涩地说："昨夜半路上被强盗劫了去。让嫂子白等了一个晚上。"

二人说了一些体己话后，阿英便告辞了。

阿英刚走不久，就有一只胖狸猫叼着一只鹦鹉从卧室门前经过。

嫂子一见，顿时神情惊骇。那只鹦鹉居然和阿英变成的鹦鹉一模一样。

嫂子尖叫着喊来下人。一家人一起连打带喊，才把那鹦鹉从狸猫嘴里救了下来。

鹦鹉已然奄奄一息了。嫂嫂把它放在膝盖上，抚摸了很久，那鹦鹉才渐渐苏醒。鹦鹉用嘴整理了一下受伤的翅膀，从嫂子的膝盖上挣脱起来，试着在房子里转着圈飞起来。好在没有大碍。只见那鹦鹉在空中盘旋着说出人话："嫂子，永别了！这一切的开始，一切的结束，都是因为甘珏！"

说完，阿英飞出屋子，消失不见了。此后再没有人见过她。

阿　英

婴宁

王子服是山东莒州罗店人，幼年丧父，但自小聪敏好学，十四岁就考中了秀才。家里就他一个儿子，因此母亲特别疼爱他，从不让他跟伙伴们到郊区野外游玩，早早请人给他说了门亲事，想让他早点成家立业。可是媳妇还没过门就得重病去世了。所以，平日里他除了读书，也无事可做。

恰逢元宵佳节，邻村舅舅家的表弟吴生上门，见王子服百无聊赖，就约他出门游山玩景。才出村不久，舅舅家的仆人找来，说家里有急事，要吴生回去一趟。吴生心里不情愿，但父亲家教颇为严格，也只能返回。

王子服好不容易出来一趟，自然不愿回去，就独自游逛，兴致盎然。

节日里出来游玩的人很多，尤其是一些年轻女子，三五结伴，花枝招展，引得游人频频注目。王子服平日宅家不出，少见女子，此时眼花缭乱，不由得开始心猿意马。

忽然，他原本乱看的视线像是被人扯住一般。在他的正前方，走过来一个少女，明眸皓齿，绰约多姿，手拈一枝梅花，一笑一颦，都动人心魄。

王子服霎时被吸引住，眼睛再也移不开，就那么直勾勾地看着。

少女从他身旁经过，忽然回头，对身后的婢女说："看那个家伙,眼睛泛着贼光,一看就是个小偷。"说完,把梅花扔在地上,和婢女们嬉笑着离开了。

王子服目送少女离开,黯然神伤。他弯腰捡起那枝梅花,痴痴地看了许久,直到天黑,才闷闷不悦地返回。

到家后,他把那枝梅花压在枕头下,神思恍惚,不言不语,茶不思饭不想,只是闷头睡觉。

母亲以为他是出门撞了邪,心里焦急,就请来和尚、道士设坛,作法驱邪。

可王子服不仅没见好,病情反而越来越重。形容憔悴,精神萎靡,瘦骨伶仃,眼看着一日日没了人样。母亲只好又请来大夫为他医治,开了许多药,但吃了也没起什么用处,还是整日恍恍惚惚。母亲看出来他有心事,反复探听缘由,可他就是不说话。

听说了王子服的事,表弟吴生专程来看他。

见面之前,王母私下嘱咐吴生,多跟王子服说说话,一定要问明病因。吴生走进王子服的房间,还没开口,王子服一见他,就先哭了。吴生赶紧到床边一边劝慰,一边追问事因。

王子服把那天吴生走后,自己遇到少女的事,给他细致地讲了一遍。并央求吴生想办法,让自己能再见到那个少女。

吴生听了,忍不住哈哈大笑说:"人都说你中了邪,原来是犯了相思病啊。不就是个女孩子嘛,我来帮你找。"

王子服说:"可是人海茫茫,到哪里去找啊?"

吴生说:"她既然徒步到野外游玩,必定不是什么豪门大户的小姐。倘若没有许配人家,找到后就上门提亲,尽快娶过来,以慰藉你的相思之苦。"

"可万一她许了人家怎么办?"王子服焦急地问。

"许了也没关系,只要没过门,大不了花费些钱财,解决起来也不太难。这事就交给我来办,你莫要操心,把身体养好,等着办好事吧。"

王子服听吴生这么说,心情果然大好,脸上笼罩多日的阴霾也渐渐褪去,终于有了些许笑容。

吴生把事情告诉了王子服的母亲。王母拜托他一定要找到少女。

吴生回去后,托人四处打听那个少女。按说,十里八乡,亲戚熟人众多,找个未出阁的少女并不难。可吴生花了很大精力,却始终没有收获。

吴生这边没进展,王子服的母亲就难免忧心。幸好自吴生走后,儿子精神了许多,也能主动吃些东西了。

又过了几天,吴生来看王子服。王子服立即向他打听情况。

吴生不忍告诉他实情,就哄着他说:"我今天就是专程来告诉你,人已经找到了。那女孩不是别人,是我姑姑家的女儿,也是你的姨表妹,现在还待字闺中,没有许配人家。"

王子服幽幽地叹息说:"原来是表妹啊……"

吴生知道王子服在想什么,就笑着对他说:"虽说近亲通婚有些禁忌,但也并不是没有先例,只要你诚心实意,就没什么解决不了的难题。"

王子服一听心宽了许多,可还是忍不住问:"不知道表妹家住在哪里?"

吴生随口编造:"就住在西南边的山里,大概有三十里路程吧。"

王子服央求吴生为他去提亲,还逼着吴生拍胸脯保证,一定把事情办妥。吴生答允后,王子服才让他离开。

生活有了盼头,王子服的心情又开朗了不少。吃饭香了,睡觉安稳了，身体一天天硬朗起来。这天起床后，他觉得神清气爽，就想出去走走。突然记起枕头下压的梅花，拿出来一看，花瓣已干枯，却一朵都没有凋落。

王子服看着梅花，又想起少女，心里暗自责怪吴生办事不利索。他让人给吴生带信，可吴生却推说自己家里有事，脱不了身。王子服的心情一下子又低落了。母亲担心他再病倒，就赶紧托人到处给儿子说媒。

王子服少年有才，相貌俊朗，想和他攀亲的人家不少。可无论环肥燕瘦，王子服都死活不同意，一心只等着吴生的消息。可吴生迟迟不来，王子服对这位表弟的怨气越来越重。他赌气骂道："死了张屠户，不吃混毛猪。不就三十里路吗？你不来，我自己去。"

一天早上，王子服袖子里揣着那枝干枯的梅花，瞒着家人独自出了门。他认准方向，一心朝南山走去。山路倒是平坦，但人迹罕至，连个问路的人都没遇到。

估摸走了三十里，抬头瞭望，不知不觉已到了山中。此处层峦叠嶂，郁郁葱葱，清爽宜人。王子服四下打量，并无人烟，只有一条狭窄的小路通向幽谷深处。

沿着小路走了一阵，在繁花秀木掩映的山谷深处，隐约看见一个小小的村落。

"应该就是那里吧？"王子服满心欢喜，加快脚步下了山。

走进村里，竟然没有遇到一个人。几户茅屋小院散落在谷底，颇有些古书里描绘的雅境。尤其是正北面的一家，门口垂柳成荫，院墙里桃李争妍，还有一小片竹林随风摇曳，时而有野鸟穿林，莺啼婉转。

王子服心向往之，但终究是读书人，不敢擅入。

婴 宁

走了小半天的路，这会儿才觉得腰腿疲乏，他看见对面人家的门口有一块干净平整的大石头，就走过去，坐在上面休息。

"小荣——"

他刚坐下，就听见一个女子的呼唤声，清脆动听，如鸟鸣一般。王子服前后打量，看见一个少女从东边走过来，手里捏着一朵杏花，正要往头上戴。她看见王子服，很是诧异，没有继续戴花，微微一笑，捏着花进了院子。

王子服心如擂鼓，口干舌燥，他认出那少女正是自己朝思暮想之人，惊喜交加，想跟过去搭话，又恐失礼。几次鼓起勇气，想要敲门叫姨妈，但又想起昔日从未有过来往，担心认错了，一时无措，心神不宁，坐立不安，只能在门口踱来踱去。心里有牵挂，他连饥渴都忘了。

直到日暮时分，王子服看见那少女从门缝里露出半张脸，惊异地看着自己。他十分紧张，不知该怎么办，也只能怔怔地看着她。

两人隔着一道门缝，四目相望，谁也不说话。

这时，大门打开，一位拄着拐杖的老太太走出来，态度和蔼地对王子服说："你是哪里来的小伙子？我听说你上午就过来了，在门口待了一整天，是迷路了吗？"

王子服上前深深作揖，轻声对她说："我是来找亲戚的。"

老太太耳朵聋，没听清他的话。王子服只好又大声说了一遍。

"哦？你家亲戚贵姓啊？"老太太问。

"我……不太清楚。"吴生没有说过，王子服自然不知道。

老太太被他逗笑了，说："这就怪了，你来找人，却不知道亲戚姓名，我看你这孩子是读书读傻了吧。眼看这天也黑了，你要是不嫌弃就到我家来，吃点东西，先住一宿。明天回家，打听好亲戚名姓，再来探访好吗？"

经老太太一提醒，王子服顿觉肚子饿了。其实就算不饿，人家主动邀请上门，刚好能接近少女，他也不会拒绝。当即谢过，跟着老太太进了门。

这园子的布置十分用心，细腻的白石板铺砌的小路，两旁繁花似锦，台阶上落英缤纷。沿着石板路往西过了一道小门，进了庭院，里面搭满了豆棚花架，很是清雅幽静。

老太太把王子服请进客厅，室内白色的粉墙光洁如玉，海棠花的枝杈从窗口探进来，给屋里添了几分生趣。室内，桌椅几案，明光锃亮，床榻上的铺盖被褥，也纤尘不染。王子服坐下后，看见几个小丫头在窗外探头探脑，似乎对他的到来十分好奇。

老太太轻笑着吩咐："小荣，家里来客人了，快去准备饭菜。"外面的小丫头们高声答应后，嬉笑着跑开了。

闲聊间，老太太问起王子服的家世，王子服毫不隐瞒，一一道来。老太太听他讲完，缓缓开口问："小哥家的外祖父是不是姓吴啊？"

"是的。"王子服回答。

"哎呀！"老太太大声惊叫，"原来你是我外甥啊！没想到这些年没来往，妹妹的儿子已经长这么大了。"

王子服站起来行礼说："我就是专程来拜会姨妈的，匆忙间竟然忘了姓氏。"

"不妨事。亲戚家本应多走动，可是家里贫穷，也没个男孩子，来往就少了。"老太太对他说，"我夫家姓秦，我没生过孩子，家里倒是有个女儿，是侧房所生。不过先夫去世后，她娘改嫁，就把她托付我了。这孩子人倒是伶俐，就是缺些管教，成天嘻嘻哈哈，什么事儿都不放在心上。稍等一会儿,我让她来见见你。"

坐了没多久,婢女们就做好了饭,将肥嫩的小鸡端上桌,油汪汪的。王子服闻到香味,垂涎欲滴。老太太不停地给王子服夹菜,让他多吃点。王子服饿了一天,也不客气,大快朵颐起来。

吃完饭,婢女进来收拾餐具。老太太说:"把宁丫头叫来。"

婢女出去好一会儿,才听见外面隐约传来嬉笑声。老太太冲着门外喊:"婴宁,你姨表哥来了。"但是门外人只是一直笑,却不见进来。

片刻后,一个少女被婢女们推了进来。少女一看见王子服,笑得越发厉害了,身体如弱柳迎风般摆动着。

老太太瞪了少女一眼说:"在客人面前还嘻嘻哈哈,像什么样子!"

少女好不容易才忍住笑,站在旁边。王子服站起来,对着她作了个揖。

老太太介绍说:"这是你表哥,你姨妈的孩子。都是一家人还不认识,让外人知道要笑话了。"

王子服问:"妹妹多大了?"

老太太没有听清楚,王子服又问了一遍。少女忍不住又笑起来,笑得腰都直不起来了。

"你看看,这就是缺乏管教的后果,都十六岁了,还整天迷迷瞪瞪的像个小孩。"老太太对王子服说。

"原来妹妹比我小一岁啊。"王子服赶紧说。

"外甥都十七岁了,大概是庚午年出生,属马的吧?"

"对的。"

"应该成亲了吧?"

"还没有呢。"

"你这样才貌双全的好小伙，怎么到十七岁还没订婚呢？"老太太感慨了一下，接着又说，"不过婴宁也还没有婆家，你俩倒是挺般配的，只可惜表兄妹结婚，似乎不太好。"

王子服接不上话，两只眼睛紧紧盯着婴宁，像是担心一眨眼，婴宁就会从眼前消失一样。

旁边的婢女悄声对婴宁说："看他眼睛泛着贼光，倒是一点都没变。"

姑娘听了刚想大笑，随即又把嘴捂住，对婢女说："我们去看看碧桃开了没有。"一边说，一边笑着，脚步轻快地跑了出去。才跑出门，王子服就听见一阵爽朗的笑声。

老太太也站起来，招呼婢女为王子服收拾床铺，服侍他就寝。临走前，她对王子服说："外甥既然来了，就多住几天，不着急回家。如果嫌屋子里憋闷，就到花园里去玩，我这里别的没有，倒是有些珍贵花木可以赏玩。当然，想看书也行，就当自己家一样，不要客气。"

一夜无话。第二天，王子服一大早就醒了，大概是山中空气清新的缘故，竟然一点都不觉得困乏。他穿上衣服，打水洗漱后，就走出屋子，在院子里闲逛。

正房后有半亩地大小的园子，青翠的小草如织绒地毯，点点杨花铺在石子路面上。园子里有三间小草屋，被浓密的花木包围着。王子服穿过花丛，边走边看，忽然听见树上有窸窸窣窣的声响，抬头一看，竟然是婴宁在树上。婴宁看见王子服走过，笑不可支，差点儿从树上掉下来。

"你别笑了，小心摔了。"王子服着急地冲她喊。

婴宁却边笑边从树上下来，快到地面时，脚下打滑，从树上掉下来，摔倒在地，这才不再笑了。王子服赶紧走过去，把她扶起来，顺势轻轻捏了捏她的手腕。才站起来的婴宁又被他捏笑了，笑得靠在树上，让树都抖动起来，花瓣纷纷落下。

　　王子服站在旁边，等她笑够了，才从袖子里把那枝干梅花掏出来。婴宁看见，神情一怔，伸手拿过去说："都枯萎了，还留着干什么呢？"

　　"这是元宵节妹妹游玩时扔掉的，刚好被我捡到，保存到现在。"

　　婴宁看着他，疑惑地问："你留着有什么用吗？"

　　"呃……"王子服忽然间不知道该怎么说了，好半晌才喃喃地说，"自从元宵节见到妹妹，昼思夜想，以至于生了重病，差点儿性命不保。所幸上天垂怜，让我再次见到妹妹。这枝梅花虽然干枯，却代表了我对妹妹的爱慕真情，所以一直都随身携带，舍不得丢弃。"

　　婴宁懵懂不解，对他说："这真算不上什么事儿了，一枝花而已，有什么舍不得？哥哥要是喜欢，等你走的时候，我让仆人把园中的花割一大捆，给你背回去。"

　　王子服听得瞠目结舌，老半天才说："妹妹……你是个呆子吗？"

　　"为什么说我是呆子呢？"婴宁还是不解。

　　王子服只好说："我爱的并不是花，而是爱拈花的人啊。"

　　婴宁说："我们是兄妹，肯定是爱的，这还用说吗？"

　　王子服急了，提高声音说："我说的爱不是兄妹之爱，是恋人之间的那种爱啊。"

"这有什么不一样吗？"

"当然不一样，"王子服说，"恋人就要同床共枕才行。"

婴宁似乎明白了王子服所说的意思，低着头思量许久，才轻声说："我可不习惯跟陌生人一起睡觉。"

王子服还想说什么，突然看见一个婢女悄悄朝这边走过来。他心里惶恐，担心被旁人觉察，只好急匆匆地离开了。

吃早饭的时候，王子服又在餐桌上见到了婴宁。

老太太问："一大早就没见你们兄妹俩，到哪里去了？"

"我们在院子里聊天呢。"婴宁回答。

"你这孩子也是，饭早就熟了，也不让客人来吃饭，说什么呢？"

"表哥要跟我一起睡觉。"

婴宁的声音不高，但听在王子服耳朵里，像炸雷一样。他立即用眼睛瞪着婴宁，害怕她再说出什么更尴尬的话来。婴宁笑嘻嘻地看着他，吐了吐舌头，低头吃饭，没再说什么。

幸好老太太耳朵聋没听见，一直絮絮叨叨地抱怨婴宁太顽皮，怠慢了客人。王子服赶紧夸院子里的景观秀美，这才掩盖过去。

饭后，王子服找到婴宁，对她说："说你是呆子，你还真是呆啊。"

"我又怎么了？难道你不是要跟我睡觉吗？"婴宁委屈地说。

王子服说："这种话怎么能当着别人讲呢？"

婴宁奇怪地问："别人？母亲怎么是别人呢？再说睡觉又不是坏事，有什么可避讳的？"

王子服无奈了，长叹一声："我真是服了你了，究竟要怎么说你才能明白啊！"

婴宁

婴宁觉得王子服莫名其妙,也就不再理他。

王子服心头郁闷,就出门去村里散心。没走多久,突然听见有人叫他的名字,仔细一看,竟然是吴生家的仆人。

原来,王子服从小到大从来没有离家在外过夜过,母亲在家魂不守舍,到处寻遍,不见他的人影。天不亮就去找吴生打听。吴生思来想去,想起自己之前说过西南三十里的话,就赶紧派仆人骑驴去找。仆人一路找了几个村子,才找到这里。

王子服带着来人,去拜见老太太,鼓起勇气,请求老太太允许自己把婴宁带走。想不到老太太不仅没有拒绝,反而高兴地说:"我早就想带她出去走走亲戚,可惜年老体衰,走不了远路。现在你能带她出去,实现我的心愿,真是太好了。"

老太太让人把婴宁叫来,婴宁却一直笑个不停。

"你究竟有什么喜事啊,一天天傻乐个没完?"老太太生气地对婴宁说,"你各方面都很好,但唯有这个爱笑的毛病,要是能改了,就完美无缺了。"

婴宁也不在意,笑嘻嘻地站在旁边。

老太太又说:"你表哥要回去,打算带你一起走,你回去收拾收拾。"

她让下人置备了酒菜,隆重招待了来人,才送他们离开。

临走前,老太太拉着婴宁的手叮嘱说:"你姨妈家里田产丰裕,养活你没什么问题。到了以后,别着急回来,跟着你表哥学点诗书礼仪,将来嫁了人,也好侍候丈夫、公婆。不过还得麻烦你姨妈,给你找个好夫家。"

一通依依不舍的话别后,王子服带着婴宁启程上路。走到山谷出口处回头看,依然能看见老太太站在大门口,朝他们远望。

到家后，王子服的母亲看见婴宁，悄悄问儿子，这么漂亮的女孩是哪儿来的？王子服告诉母亲，这是姨家的女儿。

母亲听了大惊失色："什么？我并没有姐妹，你又哪里来的姨表妹？"

王子服觉得母亲有些莫名其妙，他说："上次表弟来时说过的，你这么快就忘了吗？"

"你表弟是看你生病，编了谎话骗你的。"

可是不管母亲怎么说，王子服都不相信。最后他生气地说："人都活生生地在这儿了，你怎么解释呢？"

母亲没办法，想来想去，决定还是问清楚。她问婴宁的家世。

婴宁说："现在的母亲不是我的亲妈，我父亲姓秦，他去世的时候，我还小，没记事儿。您这么问，我自己也不知道怎么回事。"

王母回忆了半晌，才说："我早年的确有个姐姐，嫁给了姓秦的，不过她去世很多年了，哪儿还在这个世界上呢！"

王母向婴宁细细询问其母亲的相貌，尤其是问到一些面部的明显特征，都非常符合自己姐姐的长相。她疑心重重地嘀咕着："这也是怪了，人的确是对的，可已经死了这么多年，怎么还能活着呢？"

一家人正困惑时，表弟吴生来了，婴宁赶紧躲进房间里。王子服母子把事情的经过给吴生讲了一遍，吴生也是迷惑不解。

过了一会儿，吴生忽然想起什么，就问："这个丫头是不是叫婴宁？"王子服说是。

吴生大声叫喊："这事儿太怪了！真是太怪了！"

王子服催促道："别喊了，你知道什么就赶紧说吧。"

吴生说："这事儿我也是听人说的，早年嫁到秦家的姑姑没了后,姑父在家独居,据说是迷上了狐狸精,后来生病也死了。听说那个狐狸精跟姑父生了个女儿,取名叫婴宁,用被子包着放在床上,有不少人都看见了。姑父去世后,狐狸精还经常来家里。后来,秦家人请来张天师的符,贴在门上,狐狸这才把婴宁带走了。这丫头难道就是她?"

几个人正惊异地议论着这件事,忽然听见房间里的婴宁嘻嘻地笑个不停。王子服的母亲无奈地说:"这丫头简直就是个憨憨。"

吴生问:"我能不能见见这个爱笑的丫头?"

王子服的母亲进房间对婴宁说了,可是婴宁却笑个不停。王母催促了半天,她才竭力忍住不笑,又面对着墙壁,冷静了好一会儿才出来。可是才对吴生行过礼,就转身跑了回去,很快就又传出她的大笑声。满屋子的人都忍俊不禁,被她逗笑了。

吴生对王子服母子提出,自己要去婴宁家里看看,顺便帮王子服说媒。王子服自然是愿意的,催促他早些前往。

吴生按照王子服所说的路线,到了地方后,发现那里一间房子都没有,只有落花点点,随风飘散。吴生隐约记得姑姑的坟墓就在附近,只是坟头早已淹没在荒芜之中,无法找到,只好诧异地返回。

王子服的母亲听说后,怀疑儿子遇到了鬼,可是看婴宁的气色神态,与活人没有丝毫差别。跟她说起她本已去世的母亲,想不到她一点也不害怕。王母又感慨她孤苦伶仃,她也丝毫不悲伤,只是一刻不停地痴笑。

王母让婴宁和自己的小女儿住在一起。婴宁特别有礼貌,每天早上都会来给王母请安,女红针线也做得十分精美。就是爱笑,遇到什么、看到什么,都要笑一番。只不过笑起来风姿嫣然,就算大笑,也是风情万种,大家都很喜欢她,村里的女人们都喜欢和她交往。

王家上下所有人都对婴宁十分喜爱，尤其是王子服，眼里除了婴宁，就没有别人。于是母亲就选了良辰吉日，准备让两人拜堂成婚。可是心里总是担忧婴宁是鬼怪之物，在太阳下反复多次看她的影子和普通人无异，这才放心让两人成婚。

到了拜堂行礼时，盛装打扮的婴宁捧腹大笑，一刻也不能停息，所以一些礼仪就没能完成。最后，总算把一对小夫妻顺利送进了洞房。

王子服见识过婴宁的呆萌，非常担心她把夫妻间的私密讲给别人。可是他很快发现自己多虑了，婴宁并没有向别人提起过一个字。

自从娶了这个媳妇，王家总是充满了欢声笑语。每次王母为什么事心烦意乱，只要看见婴宁的呆萌一笑，就会化解心中的烦恼。家里的婢女丫鬟，要是犯了什么小错，担心遭受责罚，就找婴宁帮忙求情，婴宁也从不拒绝，经常帮助她们。

除了爱笑，婴宁还爱花，到处搜罗各种花草。亲戚朋友家里若有什么好看的花，她总会想方设法地要来。有时为了买那些珍稀品种，她会把金银首饰都当了。婚后没几个月，王家院子里所有的地方，包括台阶和厕所周围，都栽种了各种花木。

王家后院有一架木香，紧挨着西边邻居的院墙。婴宁经常爬到花架上，摘花戴在头上，或者带回屋子里赏玩。王母觉得不妥，就劝了好几次，婴宁也不听。

有一天，婴宁在花架上摘花时，被邻居家的儿子看见了，他一下就被婴宁的美貌吸引，盯着她看。婴宁看见了，也不羞涩躲避，只是笑个不停。

邻家的儿子以为婴宁笑，是对自己有意，就越发蠢蠢欲动。

婴宁冲他指了指墙根，就笑着走了。邻家的儿子以为婴宁在主动约他，特别兴奋，等到黄昏时分，就跑到墙根下去约会。没想到婴宁果真在那儿等他。他激动地扑上去，想要马上行好事，突然觉得下身一阵剧烈的疼痛，低头一看，自己抱着的并不是千娇百媚的婴宁，而是一根糟木头，下身插入的地方，只是木头上一个被雨水泡烂的窟窿。

他疼痛难忍，大声求救。他的父亲听见了，跑过来，问他缘由。可他只是痛苦地呻吟，一句话也不说。直到他的妻子过来，他才把所发生的事详细地讲了一遍。家人送来火把，在木头的烂窟窿里发现一只蝎子，有螃蟹那么大。邻居赶紧让人把木头劈开，又把蝎子打死，这才把儿子抬回屋里，可到半夜时，人就一命呜呼了。

邻居把王子服告到县衙，告他娶的婴宁是害人的妖怪。县令平常很敬佩王子服的才学，知道他为人正派，还没等传唤王子服前来辩护，就认定为诬告，下令将邻居用绳子捆起来杖击。王子服知道后，赶紧跑去求情。县令这才手下留情，把邻居赶出了衙门。

出了这事儿，母亲对婴宁说："你虽然看着呆萌，但并不是傻子，你应该知道这么无来由地笑，总会招来祸端。这一回幸好是县太爷明察秋毫，才没有责怪你。万一遇到一个糊涂官，把你拉到衙门去对质，岂不是让亲戚朋友们笑话！"

婴宁一本正经地向婆婆发誓，自己以后再也不笑了。

王母反而笑着说："你这呆子，人哪有不笑的，只是不能一直笑，遇到该笑的时候，还是要笑的。"

可是自此以后，婴宁竟然真的不再笑了。就算有人专门逗她笑，她也不笑，但是也不忧伤，只是毫无波澜，无悲无喜。

有天晚上，从来不哭鼻子的婴宁突然抹起了眼泪。王子服很是诧异地询问缘由。婴宁哽咽着说："以前跟你们不太熟悉，担心说多了,吓着你们。可是经过这么长时间的相处,发现你和婆婆对我是真心实意地疼爱,丝毫没有别的想法,所以决定把一些真相告诉你,好不好?"

王子服说:"我们已是结发夫妻了,有什么事就说出来共同承担。"

婴宁说:"我本是狐狸精生的孩子,亲生母亲离开时,把我托付给鬼母照顾,我们相依为命十几年,才有了今天。我家里没有兄弟,如今只能依靠夫君。鬼母独自葬在山里,孤苦无依,没有人将她的坟迁入秦家墓地,与我父亲合葬,她在九泉之下总是心怀遗恨。倘若夫君你不嫌麻烦,帮助亡人消除悲痛,也许天下养女儿的人就不再忍心将女孩溺死或丢弃了。"

王子服说:"这自然没有问题,只是担心日久天长,找不到姨母的坟。"

婴宁对他说:"这你不用顾虑,我有办法。"

选了个适宜的日子,王子服和婴宁就带人驾车拉着棺木,来到山谷里。在荒草丛中,婴宁找到了坟墓的位置。王子服命人挖掘,果然找到了老太太的遗体,竟然完好无损。婴宁看见遗体,忍不住扑上去放声痛哭。

王子服亲自帮老太太装棺,运到秦家的墓地里,将她和婴宁的父亲合葬。

当天晚上,王子服梦见老太太来谢他。醒来后,他把梦讲给了婴宁。

婴宁说:"我晚上也见到了她,她还嘱咐我不要惊吓你。"

"那你怎么不请她留下来呢?"王子服遗憾地问。

"她是鬼啊,这里活人这么多,阳气旺盛,她根本不可能久留。"

王子服又问："那个叫小荣的丫头也是鬼吗？"

"她不是鬼，是狐狸。"婴宁说，"狐狸母亲走的时候，把她留下来照顾我，我最想念的就是她了。不过，昨晚我向鬼母问起，她说小荣也已经嫁人了。"

从此以后，每逢清明节，王子服夫妻俩总会到秦家的墓地清扫祭拜，从未间断。

婚后一年，婴宁生了个儿子。孩子在襁褓里就不怕生人，见人就笑，完全继承了母亲婴宁的风采。

捧读文化
触及身心的阅读

出 品 人　张进步　程　碧

责任编辑　潘　嫒
执行编辑　吕思航
封面插画　虫创纪文化
装帧设计　WONDERLAND Book design
内文排版　张晓冉